Deus estava longe

Roberto Schaan Ferreira

Deus estava longe

NOVELA

Porto Alegre, RS
2023

coragem

© Roberto Schaan Ferreira, 2022
© Editora Coragem, 2023

A reprodução e propagação sem fins comerciais do conteúdo desta publicação, parcial ou total, não somente é permitida como também é encorajada por nossos editores, desde que citadas as fontes.

www.editoracoragem.com.br
contato@editoracoragem.com.br
(51) 98014.2709

Produção editorial: Thomás D. Vieira.
Assistente editorial: Paloma Coitim.
Preparação e revisão de texto: Fabio B. Pinto.

Outono de 2023.
Porto Alegre, Rio Grande do Sul.

Dados Internacionais de Catalogação na Publicação (CIP)

F383d   Ferreira, Roberto Schaan
      Deus estava longe; novela / Roberto Schaan Ferreira; preâmbulo Juremir Machado da Silva – Porto Alegre: Coragem, 2023.
     264 p.

     ISBN: 978-65-85243-07-0

     1. Novela – Literatura brasileira. 2. Literatura brasileira. 3. Novela – Literatura gaúcha. 4. Literatura sul-rio-grandense. I. Título.

                                                     CDU: 821.134.3(81)-32

Bibliotecária responsável: Jacira Gil Bernardes – CRB 10/463

Para Silvana.

LINGUAGEM E HISTÓRIAS

Deus estava longe, segundo livro de Roberto Schaan Ferreira, é, antes de tudo, uma obra de linguagem. A sua primeira publicação, *Por que os ponchos são negros*, ganhou o Açorianos de Criação Literária, em 2011. O leitor encontra na prosa deste novo livro um rio caudaloso, selva de imagens, texto voluptuoso, poesia, enchente de metáforas. Não há descanso nem tempo morto. As coisas acontecem num mundo rural onírico e, ao mesmo tempo, carregado de realismo, entre homens do campo, cavalos, lides campeiras e grandes camadas de expectativa e nevoeiro.

Às vezes, cada história, encimada por um título, parece independente. Mas tudo se entrelaça, fluindo na marcha acelerada da fabulação, jorrando novas possibilidades, adensando o imaginário em construção. Ao dizer que "Deus estava longe" é, antes de tudo, uma obra de linguagem, vale destacar, não se quer sugerir que seja destituída de ação, de acontecimentos, de enredo. Tudo, porém, parece subordinado à vertigem da "contação": "Era como se a abertura do olho prosseguisse do vértice, num sulco claro e horizontal que ia afinando e se extinguindo".

Quando o leitor já sente que não pode mais parar de ler, acomoda-se na garupa de um potro indomável. Precisa aguentar o tranco. Não há zona de conforto. A beleza da poesia exige que a prosa não se acomode. Sente-se no escritor uma vinculação, que pode ser real ou fictícia, com um mundo que se volatilizou, deixando marcas na história, o mundo agropastoril gaúcho, das fronteiras com os países do Prata, com suas aventuras trágicas, inclusive a da traição de Porongos, quando negros desarmados foram massacrados, na mais infame das "surpresas" da guerra civil que ganharia na mitologia o nome de "Revolução Farroupilha".

Nos tempos que correm, nesta aceleração vertiginosa da tecnologia, não se pode dar "spoiler" daquilo que se quer apresentar. Pode-se, contudo, insinuar, com um fragmento do próprio livro, o caminho da narrativa: "O negro vinha de mãos atadas, tinha um inchaço que o impedia de ver com o olho direito e, nas costas, sob o pano tosco da camisa, ainda ardiam os lanhos e os sulcos e os lábios das feridas traçadas pelo longo arreador de cabo de madeira, corpo de couro trançado que afinava aos poucos, até terminar em um tento comprido". Essa, no entanto, é só uma fresta. Muitas são as outras por onde passa a friagem da campanha. Um belo livro, generoso em imagens, esculpido em prosa poética sob tensão.

Juremir Machado da Silva
Escritor, jornalista.

A MULHER

No tempo dessas histórias, o mundo pesava sobre engrenagens enormes. Movê-lo custava um grande esforço aos humanos. No palco dessas histórias, o espaço era vasto, o tempo era moroso e não havia relógios, nem mapas, nem bússolas. O sol ficava distante. À noite, porém, as estrelas inundavam o céu, afirmando que o escuro estende o mundo, que a noite não tem verso nem reverso e que é preciso cegar o perto para enxergar o longe. Se a lua nova insinuava o infinito sem-fim breu afora, a cheia trazia o mistério para o chão com suas sombras vagas enfeitiçando as coisas e as plantas e os bichos e os homens. Não havia lobisomens naquele tempo. Mas havia os homens e seus cães. A humanidade era precária. Claro que havia sorrisos. Mas não havia motivos para rir. E Deus? Deus estava longe.

Os homens, os bichos, as plantas, as coisas têm uma memória infinita e minuciosa. Observá-los, perscrutá-los, senti-los, com atenção e zelo, é descobrir os registros, os gravados, os escritos, os imaginados. Ali estará o punhal que sangrou o cordeiro, ali estará o movimento do punhal na mão do sangrador e ali estará o sangue morno que esguichou e escorreu pelo punho. Os fatos são apenas uma dimensão das coisas (ou as coisas são apenas um estado dos fatos). A história está toda nelas. Basta atentar para seus indícios. O Mal (Ah! O Mal! Sim, é verdade! Há o Mal), é claro, o Mal trabalha incessantemente para esmaecer os rastros, para desbastar os vincos, para embaralhar as trilhas, para emparedar os olhos, para misturar os sons, para abafar os gemidos, para calar os soluços, para esgarçar os ecos, para turbar os silêncios, para abortar os gritos, para aquietar os cantos, para empanar os ouvidos, para turvar os aromas, para dispersar os ventos, para diluir os odores, para embotar as narinas, para anular os sentidos. Mas há a Arte. A Arte, um deus que tudo sente, que tudo percebe, que tudo alcança e tudo salva. E o poeta, em sua minuciosa pequenez, olha hoje, enxerga ontem e vê amanhã.

UM VULTO

De repente o cavalo voltou a cabeça para a esquerda, orelhas tesas em direção ao mato. O lombo e os quartos dançaram para o outro lado. Acostumado às inconstâncias do arreio, o cavaleiro tensionou a rédea corrigindo a direção e, com a mão direita, num gesto curto, paralelo ao próprio corpo, ergueu um pouco o rebenque e o deixou cair, brusco, até puxá-lo de volta, fazendo com que a tala desse um tapa na virilha do cavalo, convocando-o a alinhar o corpo e firmar o trote.

Mas não deixou de olhar no rumo do olhar do cavalo.

(Naquele então, tudo era possível, e o inesperado era frequente. Ninguém se abalava com a gravidade dos fatos, ou ninguém aparentava se abalar. Mesmo os que choravam, homens ou mulheres, quando tinham que chorar, choravam baixinho e discretos. A natureza era vizinha. E todos sabiam que a natureza contém a morte).

Era um lento cair de tarde de primavera. O sol, já no último quarto, estendia sombras e esgarçava as coisas. Uma beira de mato, ao meio-dia, é um mistério de tons e reentrâncias; ao sol poente, é uma profusão de hipóteses. E qualquer sombra mais definida pode ser um arbusto, um tronco podre, uma pedra, um bicho morto, um felino, uma pessoa.

O colorado-malacara era um cavalo novo. Finalizada a doma, estava aprendendo a trabalhar. Mantinha, ainda, algumas reações de potro, como essa de se assustar demais, meio passarinheiro. Com o tempo, arrocinado e trabalhado, provavelmente melhorasse.

Mas ele não deixou de olhar no rumo da atenção do cavalo. Nada diferente de apenas uma beira de mato. As sombras, estáticas, indecifráveis. Seus claros-escuros, suas cavidades, suas falsas dimensões. Talvez o movimento de algum bicho dentro do mato tenha sido alcançado pelo ouvido fino do cavalo; talvez o abano de um ramo de folhas largas e caule frouxo, que acena com a mais tênue brisa em contraste com a inércia dos vegetais vizinhos, tenha sido captado pela visão ampla do cavalo; talvez apenas os exageros de um potro assustadiço que ainda não se submetera totalmente a confiar nos comandos do cavaleiro.

Os cachorros não o haviam acompanhado. Acompanharam o capataz e os outros peões campeiros que iriam juntar um rodeio ao norte, na Serra do Espanto. Saíra de madrugada, ainda escuro, sozinho. Uns dois ou três cachorros o acompanharam no início. Porém, embora os chamasse continuamente, ao perceberem que o capataz e os demais peões não vinham, em algum momento retornaram.

Ia voltar um lote de bois que estava se alonjando demais, cruzando já a extremidade sul da Carta de Concessão. Os limites eram duvidosos. Havia referência a um curso d'água, talvez a Sanga Seca ou, mais provavelmente, o Arroio do Macaco. Os limites da Carta, porém, não eram o mais importante. Ao sul eram terras de Facundo Barcellos y Acevedo, Don Facundo. Estancia La Colorada. As relações com o vizinho, embora distantes, eram cordiais, a princípio. Mas pairavam dúvidas sobre os limites exatos das terras. Havia uma espécie de campos neutrais entre os domínios. O gesto de voltear as reses que adentravam nessa zona limítrofe ou até a cruzavam, mais do que um cuidado com os campos alheios, configurava zelo pelo próprio rebanho. O gado era uma espécie de bem comum de todos e o seu abate ou a sua incorporação ao rebanho de outro eram frequentes. A ética era duvidosa e a marca não representava obstáculo. Raramente algum estancieiro inquiria outro estancieiro por abate ou apropriação de gado. Poderia ser uma situação tensa e arriscada. A resposta, quando não fosse violenta, seria um desdenhoso "pastava no meu pasto". E, para agravar, esses pequenos campos neutrais, pela menor frequência de gado, normalmente ofereciam pasto mais alto e convidativo.

Ao sair, puxava no cabresto um rosilho-mouro, já cavalo feito. Os bois haveriam de estar a umas quatro ou cinco léguas ao sul da sede da estância. Tinham se apartado do rebanho que parava naquele quadrante. Era um gado mais ou menos costeado, mas, para um campeiro só, poderiam dar algum trabalho. Os avistou ao longe. Estavam adiante da Sanga Seca, mas por sorte não haviam cruzado o Arroio do Macaco. Seria difícil fazê-los embocar de volta em um dos passos do Arroio. Junto a umas árvores, num topo de coxilha, desencilhou o colorado, atou o cabresto alto, num galho de capororoca, pôs a maneia de mão, encilhou o rosilho, apertou bem os arreios, montou e foi ao encalço dos bois, contornando-os devagar, enlotando-os por longe, e, por fim, fazendo-os olhar o norte.

A primavera se iniciava, com seus dias de céu claro e nuvens planando, com seus dias meio frios ainda ou já meio quentes, com seus dias de vento importuno, com seus dias de chuvarada e com seus dias serenos. Era um dia sereno: madrugada fresca, sol alto quase quente, cair da tarde retomando algum frescor. O ano talvez fosse 31.

O colorado ficara esperando. Depois de algumas escaramuças, os bois enlotaram e tomaram o rumo num trote frouxo. Cruzaram de largo o Banhado Grande, as Várzeas de Alague, deixaram o Cerrito ao poente, beberam e redemoinharam no Passo do Enforcado (vau da Sanga Maior onde, há muito tempo, fora encontrado um dragão do império pendurado por um sovéu em um dos braços horizontais de uma majestosa figueira-branca), prosseguiram pela Coxilha Rasa, pela Coxilha do Índio, pela Coxilha Alta, até chegarem às invernadas do Achego, campos de água fácil e pasto gordo, que resistiram bem ao inverno e onde, antes dos outros campos, vinham as gramas de verão. A proximidade da água e a fartura do pasto os manteria por ali.

Então voltara, a trote largo, ao ponto onde estava o colorado. Solto, ainda pingando suor, o rosilho ficou parado por um tempo.

Depois, movimentou-se, cheirou o chão meio em círculo, dobrou os joelhos dianteiros, deitou-se de lado e se rebolcou repetidamente. Levantou-se e ficou parado mais algum tempo. Só então começou a pastar.

Ele juntou mais uns gravetos e paus secos aos que havia recolhido no retorno, ajeitou-os em torno de uma bucha de barba de pau e, com a pedra de sílex que trazia no cinto, iniciou um fogo de labareda. Foi sapecando a paleta de ovelha que trouxera em um bornal de couro, e que deixara pendurado na mesma capororoca em que ficara atado o cavalo enquanto lidava com os bois. Na medida em que a crosta mudava de cor, ia desbastando-a em lascas, com a faca, e colocando na boca.

Comia sem pressa, acocorado, olhando para o nada.

Volta e meia centralizava o que sobrara dos paus queimados, punha mais paus secos por cima e aproximava mais a paleta espetada em uma haste de vassoura vermelha sem casca, sapecada previamente, que se apoiava em uma forquilha fincada do outro lado do fogo. Quando a carne não foi mais suficiente para prender a paleta ao espeto, segurou-a com a mão, pela ponta do osso, até tostar as últimas reentrâncias com carne o necessário apenas para não comê-la totalmente crua.

Fez isso sem pressa, sentado sobre os calcanhares, a planta dos pés no chão, o tórax debruçado sobre a parte frontal das coxas, os braços contornando os joelhos, a cabeça acima e os antebraços e mãos livres para os movimentos. Uma forma oblíqua em precário equilíbrio. Enquanto mastigava, braços pendentes, olhava o longe. O rosilho pastava próximo; o colorado aguardava no cabresto. Batia o casco no chão, às vezes.

O tivessem acompanhado, os cachorros rastreariam na beira do mato, entrariam nele, meteriam o focinho nas touceiras, nas bocas de toca, fungando, e, nada havendo, prosseguiriam acompanhando-o.

Caso houvesse, se fosse caça pequena, se excitariam, ganiriam, redemoinhariam, talvez, em torno de alguma toca; fosse grande, correriam em perseguição, até que a água, ou a distância, ou o cansaço os desanimasse; fosse predador, o dorso eriçado, entremeariam latidos ferozes aos rosnados oblíquos e, ameaçando aproximar-se, recuariam, indignados. Mas os cachorros não o haviam acompanhado.

Realinhado, o cavalo encordoou o trote. Mas não por muito tempo. Metros adiante, novamente quebrou o andar, atendendo para o mesmo ponto. Desta vez, porém, o cavaleiro aceitou o aviso. Suspendeu a marcha e voltou o cavalo para o oeste.

Orelhas em riste, olhos cravados, mãos tensas e um pouco abertas, o malacara não relaxava. Ele, porém, não distinguia nada. Alguns segundos passaram. O mato estava a uns dez, quinze metros. Os segundos passavam.

O rosilho ficara para trás. Depois de churrasquear, o repontara até a primeira sanga, onde ambos os cavalos beberam. Depois, saíra na frente, deixando que voltasse por conta. O cavalo ainda o acompanhou por um trecho. Porém, o trote chasqueiro que se tornaria uma marcha galopeada, o cansaço da lida com os bois e o cheiro de pasto novo que o ar fresco trazia nos primeiros indícios imperceptíveis da noite o fizeram reduzir a marcha e começar a gramear até perder de vista o cavaleiro. No dia seguinte, ou no seguinte, estaria de volta aos campos em torno às casas da estância, onde estava aquerenciado.

Quando ia dar de rédea para retomar a volta, pareceu perceber um movimento em meio às sombras junto às primeiras árvores. Eram árvores altas, e o sol do poente estendia o mato sobre o repecho leve da coxilha. A luz de frente dificultava a visão.

Um leve movimento de rédea, suspendendo-a e afrouxando-a imediatamente, conjugado a um balanço de corpo e um toque suave de esporas, comandou ao cavalo que se aproximasse. Os sentidos tensos, o passo apreensivo, o colorado tranqueou. Antes que o casco das mãos pisasse a sombra projetada das árvores, o cavalo estremeceu e se lançou para a direita, tentando se afastar. O ginete reagiu de pronto, trazendo-o de volta na rédea e nas esporas. Não havia tirado os olhos, entre as sombras, de uma forma um pouco mais clara, que pareceu se mover em algum momento. Mais alguns passos e o cavalo estaqueou, recusando-se a prosseguir. Direcionado pela rédea e convidado a prosseguir pelas esporas, o colorado se levantou, tirando as mãos do chão. O cavaleiro entendeu que era hora de apear.

Deu de rédeas para a direita e, metros adiante, apeou, atou o cabresto num galho de aroeira, meteu o rebenque entre os pelegos e caminhou de volta. Por hábito, ajustou a posição da faca atrás da cintura.

Não chegara aos quinze anos. Era alto e magro. O esforço da rédea, do laço, das boleadeiras, da tesoura, do facão, lhe reforçara as mãos e os braços. A constância do lombo do cavalo lhe definira a percepção, o equilíbrio, o movimento. As planuras da terra e suas distâncias o ensinaram a atentar ao longe; o inesperado e seus infortúnios, a se acautelar com o perto. O chão irregular lhe conferira um caminhar de passos altos e uma cicatriz que riscava o rosto do canto do olho esquerdo até quase a orelha (quando um baio cabos-negros, a toda rédea, meteu as mãos em uma toca abandonada, tapada de grama, e o arremessou ao espaço; o hábito impediu sua mão direita de largar as rédeas, o que o manteve preso ao cavalo, que, perdendo o chão, rodou sobre si, e o casco de uma das patas foi encontrar o rosto do cavaleiro que tentava se equilibrar; o golpe o desacordou; quando voltou a si, a lateral do rosto inchada, o olho quase fechado, o sangue seco e empastado no cabelo, as rédeas ainda próximas à mão, uma delas rebentada, o chapéu uns metros atrás, demorou um pouco a entender a situação e relembrar o ocorrido; o cavalo, próximo, em pé, sobre três patas, uma das mãos quebrada, presa apenas pelo couro; já era noite fechada; a minguante, no horizonte, iluminando o campo numa penumbra tranquila de sombras tênues e longas; a calmaria não aparentava o que acontecera; movimentou-se com algum esforço, no início, meio tonto, muito dolorido; a cabeça latejava; tirou a faca e, num gesto rápido, achou a veia adiante da paleta; à estocada, o cavalo se retesou; enquanto o sangue jorrava, desencilhou-o e aguardou; o cheiro do próprio sangue inquietava o animal; depois, enfraquecido, começou a bambear; ajudou-o a cair e ajustou que o sangradouro ficasse para baixo, na inclinação do terreno, e o sangue saísse o mais rápido possível; era um dos primeiros cavalos da sua doma; pingo dos melhores, das confianças, das lidas mais exigentes; depois, emalou os arreios, encaixou-os a metro e meio do chão, entre os galhos de um açoita-cavalo que se destacava um pouco da beira do primeiro capão que cruzou, e seguiu a pé, noite adentro, ainda meio bêbado pelo golpe na cabeça, pelas dores no corpo e pela perda do flete; quando, de uma das bordas do planeta, a claridade da aurora começava a abrandar a noite, ouviu, ao longe, o latido dos cães; dos cães, não dos cachorros de campo; estava a menos de meia légua da sede; um pouco adiante, os cachorros de campo chegaram, latindo primeiro, depois fazendo festa; depois encontrou os homens a cavalo e os cães, que vinham na soga; sem que nada fosse perguntado, resmungou "o baio se quebrou", e prosseguiu em direção à sede; os homens prosseguiram para o campo com os cachorros; um deles retornou com os cães; ao chegar, ele comeria um pouco da carne que havia em uma trempe sobre o fogo do galpão, pegaria um cavalo dos que estavam na mangueira, no caso, um oveiro rosado, botaria um freio e um xergão e rumaria a trote e a meio galope para recuperar os arreios e prosseguir; antes, cruzaria no rancho da mãe e pegaria um pedaço grande de pão; a cabeça ainda doía; ao passar próximo de uma das curvas do rio, apearia para lavar com cuidado o rosto e os cabelos – a água fria do outono confortaria as dores e espantaria a exaustão; no dia anterior, fora uma das primeiras vezes em que saíra sozinho para uma volteada de gado). Era como se a abertura do olho prosseguisse do vértice, num sulco claro e horizontal que ia afinando e se extinguindo.

A PEDRA

Há os que não creem na natureza, não percebem as águas, a terra, os ventos e o sol; os que não observam as plantas e suas potências, os animais e seus hábitos; os que não atentam para o complexo processo que é sobreviver e para a vertiginosa interdependência da vida. Há os que não submergem no silêncio de um entardecer de fim de verão; há os que não sintonizam o ouvido à alegria das aves no amanhecer de um agosto. Há os que sequer percebem que o dia já está plenamente claro e a minguante, tranquila, ainda navega no alto do céu. Pois há os que creem, entre os incêndios do Mal, que algum deus olha por eles; pois há os que creem que, apesar das faltas e dos erros, um deus, complacente com eles e justo com os outros, os distinguirá para a alegria e o regozijo eternos; pois há os que creem que o deus os escolheu e os salvará, contra tudo e contra todos, quando o mundo soçobrar.

Mas a pedra lhes cobrará o preço dessa ignomínia. Mas a pedra os acompanhará até o fim dos seus dias, e todos os dias e os dias de todos. Mas a pedra, a lei da pedra, dura, seca e cega, sem julgar os julgará. A pedra, o único deus.

UM RINCÃO

De longe pareceria apenas um friso entre dois imensos blocos de granito trabalhados pelo vento, pela chuva e pelo sol. Ao lado erguiam-se muitos outros edifícios de pedra, numa arquitetura temerária, sempre prestes a desmoronar, pelos séculos e séculos. Eram dois cerros de rochas cinza-claras que, de qualquer quadrante, se destacavam na paisagem. Mesmo na geografia irregular da Serra dos Tapes, elevavam-se acima de tudo, matos e campos, promontórios e platôs, cerros e rochas.

A Serra dos Tapes era uma vasta ilha em meio à pampa. Uma ilha que se elevava em cerros, canhadas, rochas e matos, entremeados de vales breves e descampados; uma serrania agreste, hostil aos habitantes das planuras com seus horizontes largos e gramíneas; uma baixa mas intrincada mataria, adversa aos habituados à distância e à liberdade do universo plano do sul; um refúgio que, com a disseminação das estâncias e a presença dos homens civilizados e seus cães, acolheu os animais do campo; habitat para tatus, apereás, capivaras, veados, lobos, graxains, onças; couto para os tourinhos fracos e para os touros velhos, escorraçados dos rebanhos, abrigo para os novilhos abichados, propensos ao mato, e reduto conveniente aos matreiros que se apartavam das vacarias.

E, no coração e acima da serrania, se erguiam (e se erguem ainda, e hão de se erguer sempre e sempre, pelos séculos e séculos) os Cerros do Inferno. Aliás: os cerros não, o cerro. Era um cerro único que alguma causa geológica apartou em dois paredões de pedra, paralelos e íngremes, para que o rio cruzasse lá embaixo, contornando granitos enormes que se lançaram no seu leito, forcejando contra as bordas ásperas da pedra, engolindo-os em tempos de cheia, desbastando-os eternamente, porque a água, a água que não para, a água passageira e constante, mesmo ali no inferno, é fundamental e necessária.

OS CAMINHOS DA ÁGUA

De longe pareceria apenas um friso entre os dois imensos blocos. Porém, um olhar mais atento ou mais próximo perceberia que há uma fenda entre eles. Mais próxima, a visão observaria que, na parte interior da fenda, há um vão capaz de permitir a passagem de um homem. Aproximando ainda mais, seria possível notar que o chão da boca da fenda, onde, por obra dos ventos, das chuvas e das enchentes, os séculos acumularam pó e folhas e resquícios que o tempo tornou terra, é coberto por musgos e trevos e samambaias do mato. E, mais perto ainda, já quase ao alcance do braço, se notaria que o tênue tapete vegetal que cobre o chão da boca da rocha, no seu trecho central, estava um pouco lastimado, amassado, premido pelo cuidadoso passo dos animais que vêm beber água. Porque este era um dos caminhos da água; porque este era um dos poucos e perigosos caminhos que, após um intrincado labirinto entre rochas e peraus, permitiam chegar à flor do rio.

Então, a penumbra da boca da rocha, limitada por um triângulo vertical que traçava a fronteira entre a luz e a sombra, moveu-se como se move a água dando passagem a um cauteloso mergulhador que primeiro espia para fora d'água e depois assoma. Atenta, a cabeça de uma onça negra transpassou o plano da sombra para o sol. Cheirou o chão, atentou para os lados e, só então, trouxe à luz as mãos e as cruzes, o lombo, os quartos e as patas e, por fim, a cauda longa e oscilante. Desceu pelo colo côncavo da pedra. A meio caminho, parou, atendeu para os lados e, depois, prosseguiu até a água que, silenciosa e grave, em correntes e redemoinhos, contornava a enorme calota de granito.

O menino cumpriu o mesmo trajeto da onça. O trecho em que a trilha afundava no ventre do cerro, esgueirando-se entre blocos de pedra, inclinando-se sob massas de granito, equilibrando-se sobre superfícies oblíquas, às vezes à beira de escuros socavões sem fundo, evitando os caminhos ofertados pela falsa luz, que, atraindo os incautos, terminavam adiante em muros de rocha ou em fossos escuros de fundo incerto, ou levavam de volta ao topo do cerro ou ao campo, enfim, o trecho que só os vaqueanos conheciam foi o mesmo, o do menino e o da onça. Ela viera da pequena várzea, ao sudoeste, subira pela mataria que abraçava os cerros, prosseguira ainda escalando as primeiras rochas e as seguintes, até embocar nas catacumbas da trilha. Era uma fêmea. Havia caçado e comido um filhotão de veado campeiro. Ele vinha do platô de cima do cerro, uma área de terra gramada, sobre as rochas, que, afora um corredor de vegetação baixa entremeada com mato que descendia para o sul até os vales de terra negra da região, era protegida pelas escarpas hostis do Rincão do Inferno. Salvo uma fatia do quadrante norte, em que os blocos de pedra do outro lado do rio se erguiam ainda mais, a vista alcançava léguas de horizontes longínquos e inabitados.

O menino trazia dois porongos grandes, ligados por uma tira de couro, para buscar água. No alto do verão, as vertentes próximas ao rancho escasseavam e era preciso buscar água no rio. Tinha uns seis anos. Aguardava que a mãe se distraísse, entrasse no rancho, atendesse ao irmão ou descesse para a lavoura, pegava os porongos e deslizava rápido para a trilha proibida. No retorno, também, disfarçava o trajeto fazendo de conta que voltava do outro lado, do leste, onde havia caminhos menos perigosos para o rio, e que davam acesso a pequenas praias, e não a uma calota de rocha áspera que afundava íngreme nos redemoinhos escuros das torrentes d'água, no jogo constante entre as grandes pedras inertes e o fluxo convulso, violento, irresignado da água determinada a seguir seu caminho.

Cumpria o mesmo trajeto da onça. Descia envolvido, concentrado em superar as asperezas da trilha; ela, após beber, retornava, saciada e lenta. Quando estavam a uns vinte metros um do outro, e o ruído das águas já não encontrava passagem entre os edifícios de pedra, ela suspendeu o passo e fixou olhos e orelhas. Haviam chegado os primeiros ruídos suspeitos da aproximação. Logo o olfato identificou a presença estranha. O aumento dos sons e do cheiro confirmaram que um homem descia a trilha. Ela retrocedeu. Afundou numa das fendas entre as rochas, numa das bocas escuras laterais à trilha. Mas logo adiante o espaço estreitou e não conseguiu prosseguir. Voltou-se para a boca onde entrara, posicionou-se e aguardou, acaçapada. Estava a menos de cinco metros do caminho dele. Viu quando passou, lépido, ignorante, desprevenido.

Não era o primeiro encontro entre eles.

O PRIMEIRO ENCONTRO

Certa vez, tinha acompanhado seu pai, que procurava um caminho para a pedra do pulo. Ele, o pai, sempre que o pastoreio, as arreadas, as domas, as viagens e a vigilância permitiam, investigava a região, de um e outro lado do rio, em busca de caminhos, redutos e esconderijos; explorava as possibilidades de fuga entre as pedras, os escondidos trajetos que permitiam chegar até as águas ou que divergiam para desembocar no campo ou retornar ao cerro; procurava e memorizava os possíveis pontos e maneiras de cruzar a corrente, conforme as estações, as enchentes e os movimentos da água e das areias, fosse saltando de um bloco de rocha a outro, fosse, com algum nado, de margem a margem, em tempos de seca. Os Cerros do Inferno ocultavam seus caminhos. Mas havia muitos: possíveis e impossíveis, viáveis e inviáveis, seguros e temerários, para animais e para humanos. Em algumas das chamadas pedras do pulo (pontos em que os blocos das margens opostas se aproximavam muito e era possível atravessar o rio acima da superfície saltando de rocha a rocha), a corrente, abaixo, cruzava violenta, incontida, furiosa: um desequilíbrio, um erro de cálculo, um escorregão significavam a submersão irreversível sob águas e pedras e, talvez, o engaste em alguma garganta em que a água cruza, mas um corpo não. Quando, após as enchentes, baixava o nível do rio, não era incomum a corrente desovar corpos de animais rio abaixo, ou apresentá-los encalhados entre as pedras. De pessoas não, porque a região era inabitada, deserta de humanos. Era. Até a chegada dos homiziados.

Na ocasião, descobriram aquele caminho que chegava à água mas não permitia o passo. Tinha uns quatro anos, então. Gostava de acompanhar o pai nas explorações. Logo prosseguiria sem ele naquelas incursões, tornando-se um vaqueano dos labirintos de pedra e, com o tempo, da região. Dos Cerros do Inferno e suas proximidades, conheceria árvore por árvore, pedra por pedra, vertente por vertente, cova por cova.

Tempos depois, no forte de um verão, quando sua mãe pediu que buscasse água, decidiu ir pela Pitangueira. Chamavam Trilha da Pitangueira por causa da pequena árvore que havia na entrada do caminho, onde embocava entre blocos de pedra. Já não havia pitangas. Ao vencer uma das estreitezas entre rochas, já no coração da pedraria, olhou à frente e viu, adiante da penumbra, que, numa espécie de túnel, um bloco sobreposto provocava, já na parte iluminada pela claridade da tarde, o animal que o fixava, estático. Desta vez, porém, a onça estava faminta. Ele sabia que, se mostrasse medo, seria atacado, se fugisse, seria alcançado.

Olhos fixos na onça, deu um passo à frente, descendo um desnível para o dorso de uma rocha por onde seguia a trilha. Atento à onça, teve um breve desequilíbrio, pois o degrau era mais alto do que o seu passo supusera. Nisso, os porongos que trazia pendurados no pescoço se chocaram. Ao barulho produzido pelos porongos, a onça teve uma rápida vacilação, como se dispersasse a atenção. O menino percebeu. Bateu um porongo no outro. A onça perturbou-se novamente, mas voltou, pronta e tensa, a fixá-lo. Então, ele levantou os porongos sobre a cabeça, começou a batê-los continuamente e caminhou, lento mas resoluto, contra ela. A onça se desarmou completamente, retrocedeu como que procurando algo, até que saltou num paredão de rocha, escalou-o e desapareceu entre o topo e o céu. O menino prosseguiu pelo resto da trilha, até as águas, marcando o ritmo do movimento ao compasso dos porongos. Na margem, tremendo, coração acelerado, exausto, largou-se sobre a rocha dura. Manteve o olhar voltado para a boca da trilha e os porongos ao alcance da mão. Assim ficou por longos instantes até que o coração serenasse. Então, encheu os porongos e retornou.

Mas a imagem daquela onça o assombraria pelos anos afora. As outras visões da mesma ou de outras onças não a atenuariam. Havia conhecido o medo e a coragem. Havia se posicionado perante a natureza. A onça também não o esqueceria.

A MULHER

UNA HEMBRA

Naquelas latitudes, as mulheres eram escassas. Na região do globo em que as línguas charruanas foram dizimadas pelo castelhano e pelo português, as mulheres se tornaram escassas por um tempo. A usurpação das distâncias charruas coubera a homens civilizados: militares, aventureiros, bandidos e padres. Mulheres viriam depois.

Os homens se saciavam por si mesmos e nas alimárias. As mulheres civilizadas eram raras e, na maioria, comprometidas e guardadas. Havia as negras, que também eram poucas. E havia as indígenas, as chinas, que também foram usurpadas pela civilização, quando não foram mortas.

Ele percebeu, novamente, certo movimento de um vulto em tom uniforme, que se distinguia na obscuridade variada da vegetação dentro do mato do entardecer. Talvez um animal grande deitado, um capincho, um veado, um novilho. Foi se aproximando, cauteloso. A poucos metros, ouviu um sopro, uma expulsão de ar, uma respiração. Deveria ser um animal muito ferido para ainda não o ter percebido. Seus olhos se acostumavam à penumbra do mato. Deu mais dois passos. O vulto se moveu. Mais dois. Confirmou. Era um couro de rês dobrado sobre si. Havia algo dentro. Por hábito, empunhava a faca na mão esquerda. Silencioso, deu os últimos passos, se curvou, alcançou uma das bordas do couro com a mão livre e, devagar, foi abrindo-o.

Então os fatos se precipitaram. Confusos. Mal começou a levantar a borda do couro e o que ali se ocultava se ergueu ou tentou se erguer. Ele saltou para trás, mas manteve o couro firme na mão, puxando-o. O animal, que tentava se erguer, arrastado o couro sobre o qual estava, em vez de se aprumar, caiu. Com esforço, levantou-se e, assustado, postou-se para a luta. Então ele teve certeza do que via.

Uma fêmea. Ferida, esquálida, desgrenhada, seminua. Não tinha a orelha esquerda, amputada, de onde o sangue escorrera e secara. Acima do peito, um pouco à esquerda, um ferimento fundo, ainda vivo, secretando, que por acaso ainda não a matara. Uma fêmea charrua. Não teria mais de onze anos. Uma menina. Havia deitado lá para morrer, talvez.

Vestia uns pedaços de couro de veado atados na cintura. Sobre os ombros, os restos do que teria sido um pala curto de couros costurados com tento. Provavelmente ao retroceder do golpe que a ferira, a lança ou adaga havia cortado um lado da veste. Descalços, os pés lacerados contavam a fuga desesperada, os tropeços e as quedas ao abrir caminho no íntimo intrincado dos matos, as topadas e os escorregões nas pedras dos leitos dos arroios e das sangas de água fria; os dedos escalavrados, quebrado algum talvez, já incapazes de impulsionar o corpo magro, diziam dos passos cambaleantes, inseguros e exaustos, que, em vez conduzir à vida e à liberdade, só alcançariam protelar a morte. Havia outros ferimentos pelo corpo, claro. Antes de ser deixada por morta, havia sido violada. Certamente mais de uma vez. Possivelmente muitas vezes. Quase não havia mulheres naquele sul. Mas as tribos rebeldes deviam ser exterminadas. E havia paga por testículo de índio e orelha de índia. (O testículo valia mais do que a orelha. Mas a orelha valia também.)

Tentou recuar, mas a fraqueza e uma japecanga a derrubaram novamente. Embora tentasse, não conseguiu se levantar imediatamente. Recuperado do espanto, deu um passo atrás e fez um gesto de calma com a mão direita. Em seguida, guardou a faca e, braços um pouco abertos e mãos espalmadas, disse palavras de serenidade. Ela permaneceu caída, mas com temor ou ódio na expressão. Enquanto tentava falar com ela, estendeu novamente o couro de rês como para acolhê-la. Não parecia entender bem o que ele falava. Aos poucos, talvez pelo cansaço, talvez por não ter opção, ela pareceu ir desistindo da hostilidade. Em certo momento, já com o semblante menos áspero, ela tentou pronunciar algo como "hué". Ele perguntou: "água?". Ela confirmou repetindo: "água!".

Mais uma vez ofereceu o couro para que ela se acomodasse. Apesar do esforço, ela não conseguiu se movimentar. Como ele fizesse menção de se aproximar para ajudá-la, ela novamente reagiu com hostilidade e medo. Ele, então, dizendo que buscaria água e que a ajudaria, foi se retirando. Saiu do mato, foi até o colorado e montou. Não sabia se ela estaria ali na volta. Mas muito longe não poderia ir.

A água das sangas próximas não era muito boa. Mas havia uma água boa não muito longe dali: uma cacimba nas fraldas do Cerrito. Quer dizer: uma vez, quando retornavam de uma volteada, estafados e sedentos homens e cavalos, ao cruzarem perto, Don Flaco os havia levado até ela. Fazia quase um ano, era no meio do mato e não havia trilha aberta. Mas recordava do ponto e das referências. Aliás, lembrava as palavras do velho: *la roca redonda y el bosque más grande*. Logo distinguiu a pedra arredondada no alto do cerro, que se destacava mais por ser grande do que por ser redonda, já que outras também eram arredondadas. Confirmou que o mato, naquela vertente, era mais alto e a vegetação mais intensa, talvez pela fartura de água no subsolo.

Ao entrar no mato, já a pé, o olfato trouxe a recordação do cheiro de abelha e mel. Lembrou também que havia pitangueiras e que, depois de beberem, haviam comido pitangas dulcíssimas. Mas agora as pitangas estavam ainda verdes e amargas. Demorou um pouco a achar a água. Era um pouco abaixo do que pensava. Oculta pela vegetação espessa, cruzara do ponto até deparar-se com a parte mais íngreme da encosta. Ao retornar, a localizou. Teve que limpar a galharia do entorno e as folhas, ramos, teias e insetos que pairavam sobre a flor d'água. Mas estava ali, no colo do cerro, no aconchego sombrio do mato, o olho escuro e frio de água límpida, constante, desenhando as formas que via.

Com cuidado para não turvar a água, submergiu o chapéu de borco, retirou-o para o lado cheio d'água, agitou-o circularmente para limpá-lo por dentro e jogou a água fora. Repetiu os mesmos movimentos. Na terceira vez, após esperar que a água serenasse e conferir que não havia resquícios de plantas e insetos, encheu-o bem, e, juntando as extremidades das abas, franzindo-as, procurando perder o mínimo possível do líquido, atou a extremidade com o tento que trouxera dos arreios, fazendo um saco d'água atado na boca.

Quando, a galope, surgiu da sombra do Cerrito que o sol poente projetava para os raios que ainda resistiam, já era nítido o combate entre o branco e o negro. O dia se ausentava, e a noite esgarçava seus dedos pelo campo. O sol naufragava no ocidente. Manteve o galope até o mato da índia, o saco d'água agarrado pela boca. Já a pé, se aproximou do ponto onde a deixara. Ela continuava lá. Parecia sem sentidos. Acomodou a água contra as raízes de um umbu e foi erguê-la para recostá-la ao tronco. Ao ser tocada, ela acordou e tentou se desvencilhar. Mas não tinha força. Ele tratou de acalmá-la, dizendo "hué", "água". Conseguiu recostá-la. Liberou uma das dobras da aba do chapéu fazendo uma garganta por onde a água bendita correria para as entranhas ressequidas do corpo. Na obscuridade do mato e no limiar de suas forças, talvez ela já não tivesse clareza do que ocorria. Ao sentir, porém, o contato frio do líquido na boca, tremeu num calafrio e sorveu, sôfrega, o quanto pode, para sentir, com alívio e alguma dor, a água penetrando e percorrendo os caminhos recônditos e urgentes do corpo, como um elixir que operasse o milagre da vida.

Depois de alguns instantes, ele suspendeu o fluxo da água. Ela ainda tentou buscar o gargalo com a boca, mas, sem forças, se recostou e respirou, ofegante. Ele aguardou um pouco. Seu corpo parecia recuperar algo perdido. Talvez a esperança. Quando ele novamente ofereceu a ela a boca da vasilha, os lábios calcinados em escaras e fissuras se projetaram ansiosos. Ela bebeu até sugar em vão a água que já não havia. Se recostou, cansada. Em algum momento, elevou os olhos e tentou definir quem lhe dera de beber. O escuro já não permitia uma imagem reconhecível. Pareceu muito alto, mas essa impressão poderia decorrer de estar prostrada. Pareceu forte, mas poderia ser por estar muito fraca. Pareceu escuro, mas poderia ser pela noite que já se instalara no mato. Fragilizada, a memória mal vinculava esse homem ao que, hora antes, a abordara. Poderiam ser episódios distantes no tempo; poderiam ser lugares remotos; poderiam ser personagens diversos.

Retornou até o cavalo para buscar o pala que vestia de madrugada e que, depois, ajustara embaixo dos pelegos. Por ele, preferia passar um pouco de frio na madrugada a carregar o pala embaixo dos pelegos ou atado na garupa o resto do dia. Mas a mãe o alcançava e insistia que trouxesse, que não passasse frio. Por sorte, naquele dia se submetera à insistência da mãe, usara o pala até trocar de cavalo, quando o deixara pendurado na capororoca em que ficara atado o malacara. Buscando-o, agora, se questionava sobre como agir. Tinha que trazer mais água e algum alimento o quanto antes. No escuro seria difícil achar alguma fruta boa naqueles matos. E a época ainda não era boa para frutas silvestres. Poderia buscar mais água e deixar para ela, mas não queria chegar muito tarde nas casas para não levantar suspeitas. Teria que voltar no dia seguinte. Teria que achar um pretexto para voltar na manhã seguinte. Teria que voltar tão cedo quanto pudesse com água e comida. Teria que voltar sem que ninguém desconfiasse por que voltava. Sem dúvida, agora, o certo era retornar rápido à estância para que nenhuma inquietação surgisse. Nem patrão, nem capataz, nem os peões, nem ninguém poderia saber que havia uma mulher naquelas cercanias. A notícia de uma mulher perturbaria o delicado equilíbrio daquele sistema de silêncios, privações e ausências. Uma fêmea charrua atiçaria o tropismo silencioso dos hormônios, bombearia as vertentes recônditas dos corpos e deflagraria a inconsequência e a fúria que alguns chamavam coragem. A existência de uma mulher era um perigo. Um risco para quem a quisesse e um risco para ela mesma. Uma fêmea charrua era tensão entre os homens. Uma tensão que já começava.

Voltou trazendo o pala e dois pelegos. Usava quatro, normalmente. Naquele tempo, os arreios eram a cama eventual e os pelegos eram grandes, lanudos e, quando alinhados, tinham que, pelo menos, acolher todo o corpo estendido do campeiro.

Depois de achar um ponto plano do terreno, limpá-lo dos galhos, paus e arbustos e conferir se não havia insetos, estendeu o couro em que ela estava enrolada, sobre ele estendeu os pelegos e, cuidando para não pressionar os ferimentos mais aparentes, a colocou sobre eles. Ela se deixou acomodar. De quando em quando emitia um gemido surdo. Cobriu-a com o pala. Por baixo do couro, na posição da cabeça, colocou um feixe de galhos e folhas. Depois, gesticulando, como se o escuro já não impedisse a visão, disse devagar e escandindo as sílabas que voltaria no dia seguinte com água e comida. Ela retribuiu com um som que talvez fosse um assentimento. Por fim, dobrou sobre ela a outra parte do couro, enfiou uma das pontas embaixo dos pelegos para que não se abrisse facilmente e se afastou.

Quando chegou de volta, a estância já dormia.

MADRUGADA

As brasas ainda estavam bem vivas na sala do fogo. Embora com fome, decidira não assar carne àquela hora. Dormiria o quanto pudesse. Como de hábito, encostou mais dois paus grandes no centro das brasas para que o fogo perdurasse noite adentro. Acocorou-se próximo, as mãos lançadas à frente, e desfrutou do afago morno e mágico, hipnotizado pelas brasas que, alimentadas, aos poucos se reanimavam. Pensava. Amanhã cedo tentaria um pretexto para voltar ao socorro. Uma língua de fogo surgiu, vacilante. Levantou-se. O silêncio era enorme. Alguns estalidos do fogo, agora; a respiração mais forte de algum dos habitantes do quarto contíguo. Entrou no breu absoluto do quarto. Caminhou com cuidado entre os catres posicionados em ambos os lados, evitando eventuais apetrechos ou roupas que o descuido ou a falta de lugar deixavam às vezes no caminho. Cruzou o vão sem porta do último cômodo, que parecia mais escuro ainda. Sentou-se no couro tenso do catre, que rangeu, tirou as botas, o cinto, o chiripá e a camisa, e se acomodou entre os pelegos da cama e o cobertor de lã rústica. O chapéu ficara próximo aos arreios, na cabeça de um moirão, para escorrer bem e recuperar a forma. Demorou um pouco a dormir. Ouvia, próxima, a respiração do companheiro de quarto. Mas o cansaço se sobrepôs à ansiosa preocupação pelo dia seguinte. E adormeceu, e afundou no sono, e navegou na fantasia mágica e temerária que só a liberdade permite.

  Um pesadelo confuso aflige seu sono. Precisa fugir, não sabe do quê nem por que, e, ao chegar onde deixara o cavalo, não o encontra, e, ao se voltar para enfrentar os perseguidores, leva a mão à cintura, mas sua faca não está ali. Aliás, está nu. Acorda. Só há o silêncio enorme. O pio de uma coruja dá o tom da noite que perdura. Se veste no escuro e vai até a sala do fogo. Aviva as brasas dos paus que, antes de deitar, botara no fogo, junta-os, brasa com brasa, pega outros um pouco mais finos que estão amontoados em um canto e os coloca em cima. A labareda surge, vacilante, quebrando o breu absoluto e projetando sombras nas paredes escuras. Ele aproxima a trempe inclinada sobre o fogo, pega duas paletas e um quarto de ovelha que estão pendurados em um dos cantos da peça e os coloca ao alcance do calor e da labareda; encosta uma chaleira com água diretamente nas brasas para esquentar, e, manuseando cuia, bomba e erva, arma o mate que esquentará o corpo e o sangue; então, vai até a bacia que há ao lado das barricas d'água, do lado de fora, e lava o rosto e a boca. A noite não dá indícios de ceder. A lua cheia, tardia, ainda está no céu. Pensa nela. Como estará?

Aos poucos começa o movimento no quarto contíguo à sala do fogo. Os vultos passam, meio sonâmbulos, resmungam um cumprimento precário e seguem até as barricas. Em torno do fogo, alguns em cepos e mochos, outros acocorados, logo se formará um círculo para matear e churrasquear, primeiro silencioso, depois com esporádicas e breves palavras, mais esboçadas do que ditas, e, aos poucos, com frases, ironias, provocações e relatos de peripécias ou acidentes do dia anterior. O ambiente silenciará novamente com a chegada do capataz, que tomará uns mates, comerá alguns nacos de carne e distribuirá as tarefas do dia.

Era época de doma; ele teria que galopear uns redomões. Perguntado, respondeu que não precisava de ajuda. Já não eram os primeiros galopes e os potros estavam bem sujeitos. Quando teve alguns instantes sozinho com o capataz, comentou que os bois demoraram a se acomodar nos campos do Achego. O capataz perguntou quantos eram. Cinquenta e sete. Incumbiria o Turíbio de pastorejá-los.

MANHÃ

Pensando em outra estratégia para se afastar das casas e dos demais, começou a encilhar o primeiro dos potros. Encilhava, movimentava o cavalo a passo e trote, depois escramuçava a galope, erguia o laço e as boleadeiras, e, por fim, se não havia alguma lida leve próxima, repontava alguma ponta de gado manso da volta, ovelhas de consumo, bois de canga, vacas de leite e terneiros.

Quando encilhava o último dos cinco potros, o capataz, talvez por ter lembrado que Turíbio não sabia contar, passou por ele e disse que, se desse tempo, fosse ele mesmo dar uma revisada nos bois. Se não desse hoje, que fosse amanhã. No impulso, perguntou se poderia ir naquele potro mesmo, um tordilho-negro, o mais desenvolvido dos redomões, pois seria uma oportunidade para desenvolver a marcha-troteada a que o animal parecia propenso, e levaria um cavalo manso no cabresto para caso a exigência fosse maior. Churrasquearia lá mesmo, rondando os bois. Perguntou e se arrependeu imediatamente. Mostrava muita pressa, muito interesse na tarefa. Mas o capataz, meio disperso, assentiu. Parecia confiar nele cada vez mais.

Volteou um zaino escuro e o embuçalou. Fez um farnel farto com carne, uma parte dela salgada, e pão, que a mãe trazia, às vezes, das fornadas que fazia para a patroa. Colocou-os em uma mala de garupa grande e a enfiou embaixo dos pelegos. Sempre evitando os olhares alheios, pegou uma guampa de beber e também enfiou na mala. Um porongo grande, de carregar água, que não cabia na mala, deixou em posição que pudesse pegar quando já estivesse saindo. Por fim, afrouxou o cinchão e colocou mais um pelego nos arreios, além dos dois que já havia substituído.

Quando tudo estava arranjado ainda fez incursões rápidas pelo galpão e pela mangueira, como se fosse buscar algo. Na verdade, apenas cuidava que ninguém assistisse à sua partida. Então montou, desapresilhou o cabresto do zaino do galho da pitangueira onde o atara, pegou o porongo que estava engastado entre os galhos (teve que controlar o redomão, que se assustou com o objeto estranho), segurou-o enganchado pela boca entre o polegar e o médio e o indicador da mesma mão direita em que mantinha também o cabresto do zaino, preso pelo anelar e o mínimo, e, ocultando o porongo no costado do cavalo, partiu ao trote ainda meio irregular do redomão. Era uma meia-manhã um pouco nublada, fresca, boa para uma troteada. Lá adiante, fora do alcance de quaisquer olhares, faria um alto e, com um dos tentos que sempre trazia apresilhados, ataria o porongo nos arreios.

Entrava, assim, na zona perigosa dos que têm algo a esconder, no terreno inseguro e movediço do silêncio, no intrincado labirinto de curvas e encruzilhadas ambíguas dos que são mais do que aparentam ser. Entrava no arvoredo noturno, entre os claros e as sombras que a noite mal projeta, onde há muito mais do que parece haver e que os olhos desavisados mal veem; entrava na circunstância de encanto e de tensão dos que desvendaram a fortuna mas não podem compartilhá-la; e entrava, principalmente, na cerração densa mas promissora dos que, vistos como escravos, olham a liberdade. Porque entrava, finalmente, no corpo dos que devem, sendo um, ser outro, sendo um, ser muitos; dos que devem não parecer aquilo que inevitavelmente são.

O curso dos fatos, a rotina constante e previsível, o trajeto da história havia se alterado para sempre. Surgira um vulto em seu caminho. Mas, nesse instante, ele não sabia se ela ainda estaria lá. A tensão continha a dúvida e o medo. A possibilidade de perder o que nem tinha.

Depois de boa troteada, deu de beber aos cavalos no Passo do Enforcado, deixou o zaino em uma reentrância do mato que margeava a Sanga Maior e seguiu ao sul, costeando o Cerrito pelo oriente até a cacimba, onde abasteceu o porongo e a guampa.

O HOMEM

O início é aqui, mas o início não existe. É sempre arbitrário. Assim como sempre há o depois, sempre há o antes. O infinito conjunto de causas, a multiplicidade dos fatores, a constante interação dos fenômenos, a imprevisível e poderosa influência dos acasos estão sempre e minuciosamente determinando o futuro indeterminável, que instantaneamente se transforma em causa, em fator, em fenômeno, em acaso. O início é sempre. O início é nunca. O eterno sempre está. O eterno que a fútil humanidade não concebe; o eterno com que a vã humanidade não opera; o eterno em que a fugaz humanidade mal transita. E tampouco há o fim.

Porém, não podemos nos conceder a ilusão. O acaso não responde. Sempre está a serviço dos homens e dos deuses.

UM RANCHO REMOTO

Era uma noite tempestuosa de setembro. O vento uivava, se infiltrando pelas frestas, pressionando as janelas e a porta de madeira tosca, desbastando as paredes de barro, insuflando os feixes de capim do teto. As contrações haviam começado ao cair da tarde, quando também o temporal iniciara seus trabalhos. Não era um bom agouro. Agora, madrugada, haviam aumentado muito em vigor e frequência e parecia certo que o rebento viria sob a luz oscilante do lampião. Também o vento aumentara o vigor e a frequência das lufadas, mais enfurecido do que nunca, forcejando contra tudo que se opusesse ao seu caminho. As copas das árvores, vergadas, emitiam um fragor que dominava o mundo, impedindo que qualquer outro som sobressaísse, exceto, claro, o das rachaduras de luz que incessantemente se abriam na escuridão, ribombando em estilhaços pelo páramo afora. Mais rara, a fratura estrepitosa de um tronco ou de um galho grande de árvore era ouvida, proclamando o conflito entre as coisas, entre as árvores e os ventos, entre a resistência permanente e o transitório movimento.

A certa hora, quando prosseguia, incansável, o vento a vasculhar o íntimo das coisas, a se esgueirar pelo apertado das frestas, a se enfiar no oculto das tocas, a cabeça de um menino abriu passagem entre os lábios e as pernas exaustas da mulher. Quase uma menina, deitada sobre os carnais dos pelegos costurados com tentos, molhados do suor, estendidos no chão do único cômodo da pequena morada. O homem que a assistia o recebeu, cortando o cordão com uma faca e atando-o como possível. Com a lã de um retalho de pelego limpou o corpo pequeno e quente e o depositou sobre o corpo dela que agora serenava do esforço. Um meio-sorriso transpareceu no rosto cansado. A criança chorou um pouco, mas logo se acomodou. O vento também cedeu. Um inesperado silêncio apaziguou a noite, que prosseguia, agora só compassada pelas gotas d'água que caíam das árvores, de folha a folha, das folhas à coberta do rancho e, por fim, do beiral do rancho às poças cavadas no chão pelas chuvas do tempo.

O filho da tempestade e sua mãe, onde estavam, adormeceram, lado a lado, agora abrigados sob uma coberta tosca. O homem que velava também pegou no sono. E o dia foi amanhecendo, devagar, como a espiar aos poucos os destroços do temporal. A luz revelava um mundo encharcado, galhos quebrados, folhas pelo chão, ninhos destroçados, alguns filhotes mortos. Os poucos trinos das aves não desmentiam a soçobra; afirmavam apenas que sempre há o recomeço; que as coisas prosseguem, apesar de tudo.

O rancho era no costado do mato; o mato era no costado do rio; o rio cedia suas águas à estância, aos homens, às mulheres, aos índios, aos negros, aos animais e às plantas.

O rio era o Arroio Jaguaruna; no costado do arroio, estava o mato, o mato do Poço da Onça, em referência à parte larga, calma e um pouco profunda do arroio, onde uma onça negra, ou gerações de onças negras, fora vista bebendo algumas vezes; no costado do mato, estava o rancho onde viviam os negros; adiante do rancho, do oeste para o norte, dispostas como o contorno de lua crescente, estavam as casas da estância; eram a Casa Branca do estancieiro, a Casa do Capataz, o Galpão e alguns telheiros; e, ao norte, um pouco adiante, mas na sequência do contorno da lua, já próximos ao arroio, ficavam o Mangueirão de Pedra e alguns cercados de varas, onde posavam os terneiros das vacas de leite e os piqueteiros. O gado manso, vacas de leite, bois de canga, ovelhas, cavalos e mulas de arreio, era pastorejado para não se afastar muito das casas, servindo o arroio de empecilho para o nordeste, e sangas e matos junto a alguns trechos de cercas de pedra e de varas em lugares mais vulneráveis. O hábito, as aguadas boas e o alimento mais ou menos farto os mantinham próximos à sede. E o pastoreio, claro.

  Era a Estância Jaguaruna. Homenagem ao arroio e à onça negra. Já se chamara Estância Passo da Conquista e Estancia El Paso de la Conquista. Um casco antigo. Fora tomado dos espanhóis, perdido para os castelhanos de Artigas e retomado depois. Os negros, que certamente haviam construído as cercas de pedra e, talvez, as casas, ou descendentes dos que as construíram, preferiram a liberdade do lado de lá, e não voltaram mais.

  O rancho, fizeram eles mesmos, por ordem do estancieiro. Ficava distante das casas uns duzentos metros, no Capão das Coronilhas. Era de barro, varas, capim e madeira falquejada. Nada que a terra não pudesse digerir. Em verdade, já havia digerido. Ali houvera outro rancho que o tempo desmoronara, abandonado por seu habitante. Don Candiota, um mestiço já muito velho. Certo dia não amanhecera na estância. Com esforço, encilhara um petiço também velho com suas garras e partira para aguardar a morte em alguma vereda remota da planura.

ELA

Dom Venâncio viu se aproximar uma fieira de negras acolheradas por duas cordas: uma prendia pescoço a pescoço, da primeira à última; a outra atava as mãos de cada uma para trás e a ligava à seguinte, alternando o lado de entrada da corda, direita e esquerda. As pontas das cordas estavam nas mãos dos negreiros, um na frente, outro atrás da fila. Iam para o mercado. Haviam sido vestidas com panos brancos porque não era incomum as senhoras da vila virem escolher uma doméstica para seus serviços. Alguma decência era necessária.

Não era aquele o objetivo de sua viagem. Enquanto ele e o capataz ajustavam a tropa que traria o gado para a charqueada no fim do verão, lhe ocorrera a ideia de vir junto para comprar um ou dois negros para os serviços de lavoura, roçados, cercas e da volta das casas. O que tinha não dava conta do serviço, e era meio descontado. Os peões livres eram muito gaudérios. Não se fixavam; trabalhavam semanas, meses, e, de repente, certa manhã, não estavam mais. Além disso, não eram afeitos ao trabalho a pé. Porém, até o momento não encontrara nenhum negro com as aptidões que queria. Muitos dos que chegavam aqui no sul haviam sido enjeitados por incapacidade ou insubmissão no norte. Tinham as marcas das repreensões. E a concorrência dos charqueadores no fim do verão, quando chegavam muitas tropas para abate, havia elevado os preços.

Vendo a partida de negras passar, pensava que poderia levar uma para presentear Dona Leonor. Pelo menos não teria perdido totalmente a viagem. Ajudaria na limpeza e arrumação da Casa Branca e em serviços domésticos e de pátio, poderia aprender a cozinhar, a tecer, a costurar.

Franzina, cabeça raspada, nem doze anos, caminhar incerto dos extenuados, dando a impressão de que a corda é que sustinha o corpo, a última era uma negrinha a que os panos brancos davam a aparência de uma visão. Talvez as tivessem enfileirado por ordem de idade, da mais velha à mais nova. Mas ela não era muito mais baixa do que as outras. A cabeça pensa não permitia certeza, mas parecia ter traços agradáveis de rosto. No chão, os pés ossudos e compridos não escolhiam onde pisar, insensíveis, entre as poças de uma chuva recente e o áspero das pedras eventuais. Todo o vulto, aliás, parecia ausente àquela circunstância, vagando em um sistema próprio e distante.

Venâncio falou com um dos condutores. Não poderiam vender ali; só no mercado. Ficava algumas quadras adiante. A comitiva seguiu, silenciosa. Ele aguardou um pouco, pensando. Olhou em direção ao porto. Um sol meio baço se desenhava a uns palmos do horizonte. Depois, novamente em direção ao cortejo que se afastava. A manhã parecia mais serena do que as anteriores. Ou a atenção dele é que se distraía dos sons dali. A negrinha, a última do séquito, em certo momento, pareceu voltar a cara para trás. Talvez realizasse, na memória do olhar, alguma cena remota, de pai, de mãe, de irmãos, de clã; talvez sentisse no paladar algum gosto da infância de um continente distante; talvez captasse, entre os ruídos da manhã, algum som que já não ouviria mais, talvez uma risada, talvez um chamado, talvez um grito. Mas certamente sabia, mesmo que não conformada, mesmo que sem pensar, mesmo que sem querer, sabia já, naquela manhã de março, do insondável do destino, do irreversível dos fatos e da interessada insensibilidade dos homens. Venâncio, que estava no trajeto daquele olhar, tomou-o como um sinal: levaria aquela negra para a Jaguaruna.

No mercado, o comerciante não escondeu a surpresa pelo interesse justamente naquela peça. Era a que estava em piores condições. Porém, rápido e profissional, desatou-a, retirou os panos para que pudesse examinar tudo e abriu-lhe a boca, expondo bons dentes e a língua intacta. (Por algum motivo, algumas negras tinham a língua cortada. Talvez, para que não gritassem nos porões, para que chorassem em silêncio.) Não parecia ter doenças. A magreza, era de se presumir, seria por simples falta de comida. O banzo não era uma hipótese ao alcance de Dom Venâncio.

O preço era sessenta mil réis. Com o dinheiro da tropa recém vendida, decidido a levar a negrinha e não achando o preço ruim, Venâncio aceitou. O comerciante, menos por ética do que para se precaver contra possíveis reclamações futuras, ressaltou que a negra estava magra e que não aceitaria reclamações pelo que pudesse acontecer. Então Venâncio, ainda certo de que recuperaria o estado da negra, mas aproveitando a deixa, baixou a oferta. Acabaram fechando em cinquenta e cinco mil e setecentos réis.

Pago o preço, o comerciante alcançou a Dom Venâncio a ponta do pedaço de corda que agora atava para trás as mãos da negra. É sua, disse. Estava nua. Venâncio teve que argumentar que a havia comprado vestida, que os panos só foram tirados para o exame, e que, se fosse assim, desfaria o negócio. Com má vontade, o vendedor entregou-lhe o camisão sem mangas e a calça de atar na cintura. Quando já se afastavam, o comerciante advertiu: cuidado com as cordas. Venâncio não entendeu.

Mesmo assim, depois de caminharem um pouco, pararam, ele desatou a corda e entregou as vestes a ela. Sempre de cabeça baixa, vestiu-as. Teve que apoiá-la para que não caísse. Uma mudança na direção do vento diminuiu o cheiro que vinha da lagoa e de algo de mar que havia nela. Do continente, a brisa logo trouxe a vaga nauseabunda de sangue, vísceras, carne putrefata e morte fermentada. Caminharam bons minutos imersos naquela onda. Ele enrolara o pedaço de corda e o carregava na mão esquerda; ela, embora solta, caminhava lenta, vacilante, cabeça baixa. Ele trazia uma fusta na mão direita e, volta e meia, batia com ela no cano da bota.

A estalagem era uma construção pesada, de pedra. Do lado de fora da parede de trás, coberto por uma meia água de capim, havia um abrigo com argolas e correntes de ferro presas na parede, para os negros que acompanhassem os hóspedes. Quando Venâncio disse ao estalajadeiro que ela talvez não precisasse ser acorrentada, que estava muito fraca e que talvez bastasse ficar atada pela corda, ouviu dele as ponderações que o fizeram entender a última advertência do comerciante. Ficou acorrentada, então, pelo tornozelo direito. Recomendou que fosse bem alimentada: bastante farinha, carne e água. Dois dias depois, como ela comesse pouco, determinou que lhe dessem também abóbora, mandioca e algum pão.

  Decidira ficar mais uns dias na vila sob o pretexto de continuar procurando um negro que lhe servisse e, isso sim, para que ela melhorasse um pouco seu estado físico para enfrentar a viagem. Chegou a examinar alguns negros que estavam à venda na cidade e, quando chegou nova partida de africanos, deu uma passada no mercado. Porém, mais interessadas e regulares eram, nos fins de tarde, suas visitas a algum dos bordéis, que, na safra, estavam animados, com cantores, guitarras, algum violino eventual e, num deles, piano; com comida simples e cara, queijo, linguiça, carne e pão; com bebidas variadas, como cachaça, sempre, jim inglês de péssima qualidade e vinho português cuja garrafa saía o preço de uma rês ou mais; e com prostitutas, que disputavam os clientes no inverno e, na safra, os revezavam, as chinas ou chinocas, indiáticas, e também algumas exóticas que o porto próximo proporcionava. A clientela era selecionada pelo preço. Os prostíbulos baratos dos arrabaldes mais retirados eram frequentados por gaúchos, estivadores, soldados de baixo coturno e marinheiros eventuais, que tratavam de logo malgastar o pouco recebido pelas tropas, cargas, patrulhas e navegações. Ofereciam cachaça e putas sovadas e velhas, descartadas pelos outros, e a função terminava em borracheiras, brigas, facadas e, às vezes, mortes. Já os estabelecimentos melhores eram visitados pelos estancieiros, charqueadores, traficantes de escravos, comerciantes e autoridades civis, militares e, em alguns casos, religiosas. Não era incomum o cura abençoar estabelecimentos comerciais e, nesses casos, acontecia de, sorrateiramente ou não, aproveitar para arrefecer as tensões que o trato cotidiano com o pecado produz, desviando um pouco a finalidade da visita. Nessas casas altas, também eram comuns as borracheiras e, até, discussões que poderiam terminar em vias de fato e lesões corporais. Mas isso normalmente tinha por origem alguma desavença anterior, alguma causa relevante, política, terras, rebanhos, negócios.

A VOLTA

Assim que entregue o gado ao saladeiro e após virar a noite nos bordéis da baixada, a comitiva da tropa fizera cara-volta rumo à estância com o grosso da cavalhada e alguns mantimentos mais urgentes no lombo das mulas de carga. Em um potreiro nas proximidades da cidade ficaram três cavalos de bom cômodo. Nos dias seguintes, Venâncio arreglou uma carreta com mantimentos, remédios, combustível para lampiões, sal, açúcar, trigo, ferragens, panos, algumas roupas, cachaça e outros e despachou para a estância.

Tinha pouco mais de trinta anos. Incorporara com menos de dezessete. Logo se dispusera a participar dos piquetes que combatiam no sul do Continente. Eram corpos cooptados entre os Dragões de Rio Pardo e de Rio Grande, do Forte Jesus Maria José. As refregas eram frequentes, encarniçadas e semeavam cadáveres no campo. Para garantir o território conquistado, era necessária a fixação de postos de vigilância e resistência. As estâncias. Alguns anos de escaramuças bem sucedidas, e já chegara a Mestre de Campo. As várias anotações de bravura e uma carta de recomendação ao Governador da Capitania Geral de São Pedro assinada pelo Mestre de Campo General lhe valeram a concessão de algumas léguas de sesmarias. Conhecera os campos e o casco da estância ainda com o nome El Paso de la Conquista. Rebatizou-a Jaguaruna, nome do arroio. Estância Jaguaruna.

Já haviam passado alguns dias e o estado dela pouco melhorara. Sofreria muito com a viagem. Talvez não resistisse. Mas era preciso voltar. Era necessário estar próximo e atento aos movimentos da fronteira. Em ambos os lados havia riscos. E sempre temia deixar a mulher e a filha. Preparou o retorno para o sétimo dia. Num bolichão da saída do povoado, que vendia de tudo, comprou um poncho barato, um chapéu e as peças básicas para um arreio. Ela iria a cavalo. O terceiro cavalo carregaria os alforjes com mantimentos. Não havendo imprevistos, cavalos estropeados, temporais, cheia de algum passo, seriam uns oito, nove dias de troteada.

Mal se percebia um início de claridade no levante quando iniciaram o retorno. Ela teve dificuldades para montar por medo e inabilidade evidentes. Menos montou do que, com o auxílio de um negro da hospedagem que preparara os animais, foi colocada sobre os arreios. Ele, embora habituado ao cavalo, não foi muito melhor, pelos efeitos da última noite, do jim, do vinho e das poucas horas de sono. Mas partiram.

Enquanto estivera na vila, as vezes em que fora ver como estava sua negra, Venâncio ficara pouco tempo com ela. Apenas averiguava seu estado físico. Agora que haviam passado a conviver todas as horas, percebeu que, volta e meia, ela resmungava ou gemia. Não era um gemido alto; era meio escondido; quase um engasgo; mas, uma vez notado, mantinha uma regularidade infalível. Primeiro pensou que fosse algo ocasional e que passaria; depois pensou que fosse intencional e que se extinguiria pela exaustão ou distração; por fim, pensou que se acostumaria com aquilo e anularia o ouvido. Mas não. Aquilo começou a irritá-lo. Ficava na expectativa do próximo. Tentou se distanciar. Aí, apurava o ouvido para conferir se continuava. Houve momentos em que, não conseguindo relevar a exasperação, chegou a pensar em sangrar aquela negra impertinente. Mas pensou no desperdício de dinheiro e no agrado que causaria a Dona Leonor a chegada do presente. Desistiu.

Aproximou-se novamente. O sol da manhã produzia uma sensação de conforto depois do friozinho da alvorada. Começou a puxar assunto com ela, tentando fazê-la falar. Sabia que ela entendia alguma coisa, mas não sabia quanto. No início, ela sequer reagia. Ele começou fazendo observações sobre o campo, o tempo, os cavalos, a jornada que estavam iniciando. Era uma fala compassada, entremeada com perguntas sem respostas, gesticulada, interrompida por olhares e silêncios; uma fala que tentava obter alguma reação dela. Passou a descrever a estância para onde iam, a Jaguaruna: as casas, o arroio, os campos, os bichos, as gentes. No diálogo solitário, monólogo, intervinham os acidentes geográficos que surgiam no caminho, uma lagoa, um passo, um cerro, uma canhada feia, um umbu, uma figueira. Comentava, às vezes, a simples existência deles, às vezes alguma experiência militar ou campeira ocorrida ali ou próximo dali ou em lugar parecido ou em qualquer lugar.

Viajavam a passo. O desconforto dela sobre o cavalo o levara à conclusão de que sofreria muito com o trote.

A certa altura do pausado monólogo, Venâncio se deu conta de que havia esquecido dos resmungos dela. Talvez ela tivesse parado de gemer; talvez ele tivesse parado de perceber. Embora não fizesse nenhum gesto claro, ela dava a impressão de que atentava para o que ele dizia, ou, pelo menos, se distraía com isso. Era início da tarde. Já haviam feito um alto no costado do mato de uma sanga. Assaram uma carne e comeram com gajetas. Ela comera pouco. Depois, enquanto ele deu uma ressonada tentando eliminar os resquícios da noite anterior, ela permaneceu deitada, atada a uma forquilha de pitangueira, com as mãos para trás, de modo que não conseguisse se virar. Ele sabia que ela estava muito fraca e que tinha dificuldade para montar a cavalo sozinha. Ainda assim, pela exaustão da noite anterior, temia cair num sono pesado. Ela teria tempo para montar e se afastar com os cavalos, deixando-o a pé. Embora provavelmente ela não soubesse, rumando para o sul, por certo seria acolhida por estancieiros castelhanos, que dificilmente devolviam os negros fugidos.

Sobre os pelegos, no conforto do calor do meio-dia e da sombra das árvores, na segurança das distâncias desabitadas, ele lentamente entrou na penumbra do sono, ouvindo, volta e meia, o casco de um dos cavalos que batia no chão e o pausado compasso dos soluços. Cascos e soluços se distanciaram e ele desconectou do mundo por algum tempo, talvez minutos, talvez mais.

Após a sesta, quando já iam montar, ela, pela primeira vez, emitiu alguns sons de uma língua que ele não entendeu e flexionou os joelhos como se fosse se agachar. Desatou-a. Ela entrou um pouco no mato, mas não se afastou muito. Tirou os panos. Ele a observava por entre as sombras e troncos de árvores. Quando ela se ergueu e caminhou até a corrente d'água, acompanhou-a com os olhos, a certa distância. Na tênue penumbra do mato de copas fechadas, o vulto magro se entrelaçava nos demais vultos e se desprendia depois. Já no leito de pedras sobre o qual rebrilhava a corrente d'água, o corpo esguio foi cravejado pelos feixes de luz do sol que furavam as copas das árvores inclinadas sobre a sanga. Lavou-se inteira, cabeça, rosto, pescoço, tórax, ventre, genitália, pernas, pés. Depois, voltou até as roupas e as colocou. Ele atou-lhe as mãos para a frente, para que pudesse conduzir o cavalo e ajudou-a a montar.

Assim iam naquele início de tarde. Ele falando, já menos por esperar respostas do que para entretê-la ou para entreter a si mesmo. Rememorava histórias passadas, escaramuças da fronteira, eventos campeiros, entreveros, gauchadas, peleias. Quando a lembrança não socorria, preenchia o silêncio com observações sobre a paisagem, sobre a jornada, sobre cavalos, bichos, aves, tudo que pudesse ser falado. Era um exercício novo, entrecortado, difícil, que exigia algum esforço para que as interrupções não se prolongassem. Mas elas se prolongavam. Quando acontecia, acabava ouvindo o indesejado soluço. Em certo momento, distraiu-se ele mesmo com a própria fala, que se estendia, entre monotonias e sobressaltos, assumindo a emoção das lembranças, com altos e baixos, correntezas e calmarias. Os silêncios, quando ocorriam, eram breves, agora, e, em vez de ausência de história, eram parte da narrativa, uma ênfase, uma expectativa, um espanto.

Foi quando lhe pareceu que os gemidos haviam cessado. Prosseguiu falando, mas com a atenção voltada para ela. Nada. O tempo foi passando e os soluços não voltavam. A expectativa deles, aos poucos, foi se esvaindo. Talvez nela, a necessidade mais inevitável deles também fosse se atenuando. Mas ele prosseguiu falando, como se fosse um hábito antigo, agora necessário. Voltava a histórias já contadas, a lembranças já revividas, a episódios já repisados, às vezes com as mesmas palavras, às vezes em forma nova, com alterações, acréscimos, omissões. Volta e meia caía um fato novo no meio do monólogo. E as palavras prosseguiam, lançadas no deserto pampeano, no lombo das coxilhas, no raso das várzeas, na fenda das canhadas, no ventre dos matos, nos costados dos rios, dos arroios, das sangas, como um rastro sonoro que tenta se agarrar às coisas, que tenta se homiziar nas covas, que tenta impregnar as águas, mas que dispersa no ar inocuamente, mas que se esgarça na vasta distância do nada, mas que se esvanece no impalpável tempo dos séculos. Às vezes, ao ouvi-las, uma rês distante levanta a cabeça e atenta, uns passarinhos que estavam em algazarra num capão silenciam, um quero-quero se alça no pasto, abre as asas e parte alarmado e alarmando, um sorro ergue as orelhas e dispara a galope.

Ela já não tem a cabeça tão baixa e às vezes parece voltar-se para ele, observando-o, curiosa. Quando ele indica uma rês e diz que a vaca salina está bichada na paleta, ela olha na direção do animal. Ele, então, volta-se para ela. Por um instante, antes de baixar o rosto, ela também se volta para ele. É o primeiro encontro entre os olhares. Observando-a, seus olhos caem nos pulsos magros jungidos pela corda. Dá-se conta da inutilidade daquilo. Avança para a frente do cavalo dela, cortando-lhe o caminho, apeia, vai até ela, desata os nós que prendiam as mãos, enrola o pedaço de corda e ata por um tento no arreio dela. Parece que esquecera a recomendação do traficante.

Daquele então em diante tudo mudaria.

Mas ela apenas se permitiu um olhar, talvez de gratidão, talvez de reprovação, pelo que fora, pelo que era, pelo que seria. Mas foi um olhar; breve, mas um olhar.

Aos poucos ela foi melhorando sua postura a cavalo. Ergueu o rosto, soltou o corpo um pouco mais para trás, as pernas pareceram se alongar até os estribos, empurrados mais para a frente. Mas tudo devagar. Agora, mesmo que não olhasse muito para ele, era certo que prestava atenção e tentava entender, ou entendia, o que ele dizia. Também era mais nítida a impressão de que, depois de solta, passara a olhar as coisas, a paisagem, os cavalos, as reses, os bichos, as aves, o mundo, enfim. O novo mundo. Voltava à vida. Mas aos poucos.

Ainda não falava. Seria muda? Os sons emitidos, que poderiam ser uma língua estranha, também poderiam ser mera guturalização da incapacidade de fala. Lembrou o vendedor fazendo questão de mostrar a integridade da sua língua. Afastou esses pensamentos.

O sol já tangenciava o horizonte quando pararam em uma canhada úmida, junto a uma vertente. Era um dos paradouros dos viajeiros eventuais. Em verdade, naquelas lonjuras desertas, tudo era caminho e qualquer recanto era paradouro. Bastava ter água e mato, que protegia do tempo e alimentava o fogo. Ali, no chão, recentes e remotas, havia algumas marcas do fogo fátuo dos andarilhos, gaudérios, tropeiros e carreteiros.

Desencilharam rápido. Ela o observava e tentava imitar. Ele colheu lenha seca e facho e iniciou um fogo vacilante. Envolvido e com alguma pressa, cessara de falar. A noite chega antes na canhada; precisava apurar. Gesticulando, pediu a ela que juntasse mais lenha para a noite. Espetou dois pedaços de carne não muito grossos em duas varas e cravou-as no chão, inclinadas sobre o fogo. Ela retornou com mais lenha, largou-a próximo e, a exemplo dele, se acocorou diante das chamas. Uma pomba tardia ruflou as asas se acomodando para o pouso. Mais acima, um ganido de graxaim anunciou a noite. O mais era vento e silêncio.

Disse a ela que mantivesse a carne próxima do fogo, que a virasse depois de tostada e que mantivesse o fogo. Não sabe se ela entendeu, mas supunha que soubesse assar carne. Levantou-se, pegou os cavalos e os puxou até um ponto onde havia mais pasto. Baixaram a cabeça, ávidos. Tinham passado o dia sem comer. A crescente já estava no céu; a noite seria clara. Depois de um tempo, com um sovéu, ele enlaçou um galho de uma sombra-de-touro que havia na baixada e, na outra ponta, apresilhou ao cabresto do baio encerado. Era o único dos cavalos manso de soga. Passaria a noite pastando. Eram três baios: o encerado, um cabos negros e um ruano ovo de pato. Dom Venâncio gostava de baios.

Ela acordou sobressaltada com o ruído das esporas dele, que retornava. Estava dormindo sentada à beira do fogo, exausta do lombo do cavalo, da fraqueza, da tensão, do medo. Pareceu demorar a entender o que estava acontecendo. Certamente vagava em algum sonho remoto. Ele deixara no cabresto apenas o cavalo de carga, o baio cabos negros. O ruano, ele resolvera deixar de cabeça solta, pastando, com a maneia nas mãos. Muito longe não haveria de ir. E ele tinha que mantê-los em bom estado, pois não queria se desfazer de nenhum na viagem.

Em silêncio, cada um de um lado do fogo, o espeto cravado à frente, foram desbastando a carne na medida em que era sapecada pelas labaredas e mastigando as lascas, meio queimadas de um lado, meio cruas do outro. Ele usava sua adaga de cintura. Emprestara a ela uma faca pequena que trazia nos alforjes. Embora morta de sono, desta vez ela comeu melhor. Em certo momento, em seu trajeto, a lua achou uma fresta entre as copas das árvores e inundou o acampamento com sua luz noturna. Sobre os arreios estendidos, já dormiam, ambos, sonos pesados. O dela, embora sepultado na exaustão, era convulso, pontuado de contrações, crispado de rictos, gestos, gemidos, movimentado por dentro, em uma luta desesperada, constante, desumana. Em certa fase, quando diminuiu a agitação, pontuando a calmaria, um soluçar tênue e ritmado retornou. Chorava dormindo.

Mas a vida prosseguiria. No dia seguinte Venâncio voltaria ao seu monólogo. No dia seguinte ela demonstraria entender boa parte das frases e quase todos os comandos por palavras e gestos. No dia seguinte ela, por fim, daria mostras claras de que tinha capacidade de falar. Nos dias seguintes ela seria rebatizada. Nos dias seguintes aconteceriam muitas coisas; e nos que os seguiriam.

ELE

Junto com quatro peões, Venâncio Silveira Couto fora levar um lote de mulas a uma estância, algumas léguas a oeste da Jaguaruna. Eram treze mulas de três anos, ainda xucras. Dava bem umas quatro horas a trote. Enlotadas de pastoreio e mangueira, as mulas não deram muito trabalho. Saíram a galope, mas logo baixaram para o trote e, depois, até para o passo. A lástima foi o gateado de um dos peões, que pegou uma pedra no coração do casco e rengueou de um jeito que não pode acompanhar a tropa, que seguiu a trote largo. Não havia como parar. O gateado voltou puxado pelo cabresto. Chegou de volta ao fim da tarde, pouco antes do retorno dos homens. Demoraria dias para se recuperar. A falseada afetara a articulação acima do casco.

Próximo ao meio dia, as mulas chegaram na Estância da Cordilheira, de Rafael Gomes de Magalhães, o Coronel. No horizonte se viam três cerros em sequência, o que dava nome à estância. Rafael e Venâncio mantinham boas relações e as mulas eram um negócio entre amigos. As carretas que abasteciam a Cordilheira muitas vezes pousavam na Jaguaruna e algumas deixavam mercadorias ali. As mulas seriam domadas na Cordilheira, que na ocasião tinha um bom domador, e depois repartidas. Seis ficariam e sete voltariam para a Jaguaruna, à escolha de Dom Rafael.

Churrasquearam antes de voltar. À sombra de um umbu, no costado do mangueirão de pedra onde haviam sido recolhidas as mulas, transcorreu o entrecortado diálogo entre Venâncio e o Coronel. A existência de alguns negros entre os peões chamara a atenção, e Venâncio comentou, como por acaso, que precisava de alguém com habilidade para lavoura, cercados, carpintaria; talvez um negro. Depois de cortar um naco de carne e mastigá-lo com calma, olhando o campo, como se o assunto tivesse se perdido, Dom Rafael ponderou que os negros que tinha mal davam conta do serviço. O assunto parecia encerrado. Quando Dom Venâncio já encilhava o baio para o retorno, o Coronel se aproximou e, como se distraído, referiu que o serviço da volta das casas e da lavoura estava meio prejudicado porque o principal negro que cuidava disso havia se quebrado. Uma lua antes, reacomodando umas pedras de uma parte de cerca da Corticeira, como chamava um dos potreiros, a cerca desmoronou e lhe quebrou um dos ossos da canela. Achava que se recuperaria, mas era provável que ficasse meio descontado. Não era velho. Tinha seus vinte e poucos. Mais uma vez o assunto morreu. Quando ia se despedir, com o cavalo pelo cabresto, Venâncio disse que o negro lhe interessava e que Dom Rafael poderia ficar com mais duas das mulas. Disse, se despediu e montou. O Coronel pareceu concordar, mas não disse nada. Venâncio aguardava um dos peões que finalizava a encilha. O Coronel se aproximou da cabeça do baio de Venâncio, segurou o fiel do buçal, examinou o cavalo, elogiou-o e, por fim, ponderou que ainda era cedo para o negro montar a cavalo; se alguma carreta ou carroça não fosse antes, o mandaria junto com as mulas domadas. Não demoraria tanto. Um mês após, acompanhado por um peão que iria adiante, ele apeou na Jaguaruna, a perna atada entre duas talas e uma bengala de forquilha sob o braço.

Isso fora duas primaveras antes da tropa para a charqueada; a tropa que resultara na vinda dela.

OS NOMES

Naquelas lonjuras, os nomes não eram lá muito importantes. Havia muitos bichos e poucas pessoas. Os bichos eram demais para serem nomeados; as pessoas, de menos. E suas tarefas, atribuições, papéis eram distintos e sabidos. Um gesto, um ricto, uma insinuação quase sempre bastava para definir. E o adjetivo era muito usado: o pequeno, o grande; o novo, o velho; o tordilho, o mouro, o zaino, o douradilho; o salino, o nilo, o barroso, o saramilhado, o osco; o cabano, o cilhão, o zargo, o rengo, o manco, o coiceiro, o velhaco, o matreiro, o que derrubou o Ercílio, o que rodou comigo; e por aí afora. É, os fatos também serviam para designar. O dia em que cachorro preto morreu, o passo onde a rosilha se boleou, a lua que teve a enchente, a potranca guaxa, o rodeio em que o touro grande se quebrou, a tropa do temporal, a vaca que atropelou o Castelhano, a égua mordida de cruzeira. E assim os fatos também perduravam.

Era natural, portanto, que eles fossem referidos como o negro e a negra e chamados negro e negra. Naquele tempo, eram os únicos negros na Jaguaruna.

Quanto a ele, talvez o Coronel, que tinha mais de um negro, tenha referido o nome a Venâncio. Se referiu, a referência se perdeu. Ficou apenas Negro. Era o único. Ela não tinha chegado, ainda. A referência bastava. Também chegou a ser referido como o rengo. Mas, com a convalescença e a suficiência da distinção de pele, esse adjetivo não chegou a ter muito uso, só aparecendo quando a intenção era reprovar alguma suposta demora ou simplesmente exigir rapidez. Então vinha acompanhado do outro: negro rengo.

Quanto a ela, por ser muito jovem, era chamada de negrinha. Mesmo depois de parir e ter filho, continuou a ser chamada assim. E até, com mais idade, quando merecera certa consideração, seria designada Dona Negrinha.

Porém, ela tinha um nome, sim.

No terceiro dia da viagem de volta... De volta para Dom Venâncio; para ela haveria volta, seria sempre uma viagem de ida. No terceiro dia da viagem de volta, houve um diálogo que lhe definiria um nome. Dom Venâncio prosseguia com o propósito e o exercício de falar. Embora sem respostas, prosseguia falando com ela, ou para ela. Desde que a vira atada no extremo da fieira de negras, esguia, com certa harmonia peculiar ao se mover, cabeça baixa, caminhando de uma maneira que inspirava alguma delicadeza e subjetivamente lhe passava, além da recalcada comiseração, a soberana satisfação da fragilidade e da, de início também reprimida, sensualidade, se interessara por ela. Somava-se a evidente e maravilhosa sensação de potência, de comprá-la, de tê-la como sua, de dispor dela.

No terceiro dia, quando ela já atendia às orientações básicas e participava com alguma autonomia das tarefas de viagem (desencilhar, buscar lenha, fazer fogo, assar a carne, estender a cama, pastorejar os cavalos e até encilhar), houve uma brevíssima conversa que acabou lhe definindo um nome. Estavam no costado de um cerro, descendo, ao passo travado dos cavalos na dificuldade das descidas íngremes agravada no caso por lajeados de pedra, quando Venâncio, repetindo a indagação que, sem resposta, fizera outras vezes, perguntou qual era o seu nome. É possível que, desta vez, ele tenha acrescentado, na pergunta, a palavra língua. Qual é o seu nome na sua língua, ou, na sua língua, como é o seu nome. O que entrou no ouvido dela, ou na compreensão dela, foi qual a sua língua ou qual o nome da sua língua. E veio a resposta.

Luanda.

Surpreso por ter obtido uma resposta quando já habituado a lançar falas sem retorno, e atrapalhado pelo ringido dos arreios, que coincidiu com a fala dela, ele pediu confirmação: Luana? Ela repetiu: Luanda.

Ele tentou outras perguntas, então, sobre a origem, sobre a vida, sobre o povo dela. Mas ela já retornara ao silêncio e à dispersão que a tristeza lhe impunha.

Mas o nome ficou. Foi com esse nome que ele a apresentou na Jaguaruna. Foi com esse nome que ela foi tratada na Casa Branca pela patroa e suas filhas. Luanda ou Luana, indistintamente. As filhas, quando felizes, diziam Lua; quando desagradadas, diziam Negrinha. Dona Leonor Martins Couto a chamava Luanda. Mais tarde, porém, quando suspeitaria de fatos que a desagradavam, começou a chamá-la de Negra. Dom Venâncio se referiria a ela, quase sempre, como Luana; quando sozinhos a chamaria Lua ou Negrinha.

Em verdade, entre a peonada, vizinhos, gaúchos e outros andarilhos que aportavam ali de vez em quando, o descaso verbal daquelas fronteiras contribuiu para que ficasse conhecida como Negrinha; mais tarde, Dona Negrinha. Nomes próprios não eram essenciais. Salvo para quem fosse importante.

O FOGO

A natureza não age de improviso, não salta etapas, não inova seus processos. É lenta, rotineira, tranquila como as águas de um rio de planície. Mas não cessa jamais seu devenir. Os ventos peregrinos não cansam, desbastando as rochas, transportando as folhas das florestas e o pó dos séculos, sustentando o voo das aves e impulsionando o pólen e as sementes; as chuvas se repetem, insinuando as águas na terra, se embrenhando nas entranhas escuras, pontilhando os lagos com pingos que se fazem círculos que se expandem e desvanecem; e a terra, paciente e passiva, recebe e aceita, acolhe e nutre.

E assim seria o tranquilo vir-a-ser. Os ramos crescendo, a brisa vagando, as águas caindo e ascendendo; a vida se realizando. Mas há o fogo. O sôfrego, o ardente, o violento fogo.

Já o homem, o homem é filho da ingratidão. Um apóstata, um renegado. Um filho que perturba o curso da natureza, que viola suas regras, que subverte seu ritmo, que sobrepõe seus compassos. Um demiurgo desastrado, um alquimista prepotente, um charlatão vaidoso, obcecado por acelerar os trâmites da terra, por comandar os trajetos da água, por definir os caminhos do vento. Enfim, um ser apenas, mas que se julga senhor de todos os elementos.

E o homem cooptou o fogo.

UM ACAMPAMENTO

Revolvido pelo pisoteio dos últimos dias, o barro escuro emplastava tudo. Entrava pelo meio dos dedos dos pés, agarrava-se às botas, grudava em tudo que se colocasse no chão, encilhas, cordas, armas. A primavera vinha chuvosa; à véspera houvera mais uma pancada d'água. Os pelegos e arreios eram estendidos sobre uma esteira improvisada com varas, galhos e folhas. Naquelas circunstâncias, nem sempre o sono era acessível. Movimentos contínuos, fugas, perseguições, tropelias, refregas, cargas, entreveros, combates haviam produzido um exército exausto de sonâmbulos. Agora que estavam acampados há alguns dias, as condições não favoreciam o descanso e a recuperação do sono sempre adiado. Chegavam informes de que o inimigo andava próximo. A cavalhada estava em pastoreio longe do acampamento. A ordem era mantê-la pastando para se revigorar. Os precavidos, que deixaram cavalo à soga próximo ao acampamento, foram corrigidos. A ordem era cavalos em pastoreio. Além disso, o pisoteio e o esterco dos animais aumentaria o barro e o mosquedo.

Mas homens a pé eram apenas homens a pé; o centauro mutilado; o centauro sem pernas. Os cascos pisavam a grama macia das chuvas em uma invernada adiante. Cada metade exposta à sua fraqueza: a cabeça sem pés, os pés sem cabeça.

Havia, porém, os que guerreavam a pé. Mas esses guerreavam de longe, da culatra de suas armas. Dali arremessavam a morte. Só depois entravam no entrevero do corpo a corpo.

Também esses aguardavam, inócuos, inválidos, inocentes, pisando o barro da beira do arroio. As armas, ocas, aguardavam encostadas em algum tronco ou enganchadas pelo guarda-mato em uma ponta de galho cortado para suportar sua ineficiência. A munição fora recolhida sob o argumento de preservá-la da umidade. Apesar dos boatos da aproximação do inimigo, o estado-maior assegurava que não ocorreriam confrontos nos próximos dias e difundia a mensagem de que as negociações de paz estavam adiantadas. A distribuição, como poucas vezes, de aguardente também justificou a recolha dos cartuchos. Se houvesse armas municiadas, *el alcohol pendenciero* poderia contribuir para mortes vãs. Assim, toda a munição fora levada para o abrigo de uma lona perto da comandância, no acampamento dos brancos. Os acampamentos ficavam distantes entre si.

Estavam no pampa, na planura. Mas havia ali, ainda, algumas manifestações da Serra dos Tapes, algumas coxilhas e até alguns cerros mais subidos, como os de Porongos. Estavam exatamente no encontro dos dois pequenos arroios que corriam para o sul. Depois, unidos, serpenteavam para o leste até encontrar o Arroio Grande.

Ao leste, atrás do cerro, se instalara o estado-maior. Contíguo estava o acampamento dos brancos. Boas vertentes d'água irrigavam a encosta do cerro e a baixada. Adiante, ao leste, um pouco para o sul, o acampamento dos índios, já no costado do Arroio Grande. E, distante três quartos de légua para o lado contrário, oeste-sul, junto ao encontro dos arroios menores, ficaram os negros, a infantaria e os lanceiros.

Apesar de convidado a ficar junto ao estado-maior, o comandante dos negros decidira ficar com seus comandados. Era essa a prática e a conveniência militar, segundo alegou. Além disso, no caso, os acampamentos estavam tão distantes que, em um, conforme o vento e a umidade, talvez não se percebesse o que acontecia no outro.

Mais ao leste ainda, ficara a cavalhada em reponte, contra o Arroio Grande e uma taipa longa de pedras. Alguns índios e brancos se revezavam na ronda.

Por sua habilidade de ginete e no trato dos cavalos, assim que incorporado ao efetivo das tropas, Jual fora incluído no grupo de pastoreio e manejo da cavalhada. Nesta ocasião, porém, junto com os outros poucos negros do grupo, fora dispensado. A ordem era "os negros com os negros".

A DÚVIDA

Ele caminhou até um alto, no costado do cerro. O sol já estava com a base cortada pela linha do horizonte. Sentou-se em uma pedra e ficou observando os quadrantes possíveis. De quando em quando tomava goles da cachaça distribuída antes da refeição. Só agora bebia. Desde a morte de Candinho Gomes sabia que beber demais poderia ser fatal. Os dias estacionados ali já causavam ansiedade. Olhava para o norte como se fosse possível ver algo. Imaginava a mulher e os filhos. O rancho não seria longe dali. Uns dois ou três dias a trote. Talvez mais.

A dúvida se instalara definitivamente. Ainda que pausada, a guerra prosseguia; vitória era uma palavra que fora abandonada fazia tempo; e o prometido acordo de paz demorava. A dúvida, sim, havia, cada vez mais perturbadora. Voltar para casa? Voltar para a Pedra sem ter alcançado nada? Desperdiçar os ferimentos suportados, os medos contraídos, os riscos tangenciados? Seriam as tantas balas, lanças, adagas que erraram seu corpo um sinal de que aquele era o destino, de que aquele era o caminho a prosseguir, de que alguma força superior o comandava e protegia? Ou seriam apenas uma coincidência feliz? Teria valido o ônus da morte? Seriam justos ou justificados os golpes que recebeu na empunhadura da lança ao arrancar o inimigo do cavalo? Seria merecido o alívio, no entrevero a pé, de sentir a adaga encontrar o corpo do inimigo e, macia, afundar até a morte? Seria humana a frieza com que vira (de relance, é verdade, porque o entrevero não dá alívio, não tem arreglos, não perdoa vacilos, não abre vãos, não dá folgas, não tem frestas, não faz paradas, não admite vazios, não deixa lacunas; porque o entrevero não permite tempo para o mérito, nem para a glória, nem muito menos para o descanso; porque o único tempo que o entrevero concede é a eternidade da morte) os corpos se contorcendo, estrebuchando, ganindo enquanto a morte entra, corpos negros, corpos pardos, corpos brancos? Terá valido isso tudo? E valerá ainda? Ao deixar o rancho, pensara que o tempo logo responderia. Mas, até agora, nada. O tempo demorava em responder. Abandonar tudo agora? Desprezar as promessas e a esperança de liberdade? Parar de lutar? A luta pelo menos é a luta.

A noite caía.

Uma silhueta se aproximou. Grunhiu alguma coisa e estendeu o braço. Jual alcançou a bebida. O outro, arqueando o corpo para trás, tomou um trago demorado, voltou a uma verticalidade precária, repetiu a operação, voltou à verticalidade, devolveu a guampa e seguiu, cambaleante. Não iria muito longe.

    Jual ainda ficou um tempo sobre a pedra. O olhar rumo ao norte, rumo ao centro da Serra dos Tapes, rumo à pedra que o justificava, rumo às vidas que alimentavam sua vontade, que ocupavam seus cuidados, que motivavam seus medos. Esse olhar, sempre esperançoso, mas que a distância tornava inócuo, agora era ainda mais insuficiente porque as vanguardas da noite chegavam. E seria a última. Naquela noite teria a resposta. As últimas aves diurnas ainda se movimentavam; as primeiras da noite também. Ele se levantou. O joelho direito resistiu. Teve que movimentá-lo devagar até aquecer. Uma pechada do cavalo de um imperial, quando rodaram ambos, havia deixado essa sequela. Foi descendo devagar, fraldeando o cerro rumo à beira do mato, onde dormiria.

O ARCO

Pendurado em um galho de árvore estava o arco. Próxima, sobre uma esteira de galhos e folhas que isolavam do chão úmido, estava a cama feita de pelegos e partes dos arreios.

    A figura do arco pendurado lhe causava certo incômodo. Na véspera, haviam lhe exigido a entrega da aljava com as flechas. A justificativa de proteger da umidade, que servia para as munições de pólvora, não servia para as flechas. Mas insistiram mesmo assim. A confiança que sempre tivera parecia não valer agora. Deram a entender que, naqueles tempos de ociosidade e espera, aquela arma poderia agravar as consequências de algum conflito interno.

    Quando haviam se homiziado na serrania, anos antes, Una lhe ensinara o manejo e a confecção do arco e das flechas. Fora fundamental para caça, pesca e defesa. Do uso esporádico, passaria ao rotineiro, a ponto de se incorporar à sua indumentária. Com a adesão à tropa, se tornara uma arma a mais nas cargas de lança. As flechas chegavam antes.

Agora, porém, faltavam.

O HOMEM

O SÉTIMO DIA

O sétimo dia foi de chuva. Não era frio, mas chovia. Começara com certa agitação dos ventos; depois estabilizara uma garoa contínua que durou até a tarde. Ela teve que botar o chapéu que resistia a usar.

Dois dias antes haviam pousado em uma estância. Chamava-se Caledônia. O estancieiro falava mais castelhano do que português. Se reabasteceram de carne fresca. Venâncio jantara com a família e dormira em uma peça da casa, que era grande e simples. Luana comera no galpão e pousara sobre seus arreios em um canto de uma peça onde dormiam peões. Embora não tivesse sido mal recebida, quase não falou. Havia um negro, com quem não trocou uma palavra.

Foi a única vez em que pousaram em sede de estância. A viagem já demorava mais do que o previsto. Venâncio não apressava o passo. Parecia gostar do caminho.

O sétimo dia foi de chuva. De tardinha estiou. Uma aragem chegara, fria. O sol ainda espiou no poente, mas em vão. Estava tudo molhado e as nuvens prometiam mais chuva. Acamparam em uma coroa de mato que circundava uma vertente, num alto. O fogo demorou a firmar. Quando a chuva se anunciara, Venâncio colheu barba de pau e algumas folhas secas. Foi difícil passar para os galhos úmidos do capão. Porém, depois, como havia boa lenha de galhos quebrados pelas ventanias naquele topo de cerro, o fogo foi generoso. Conseguiram secar os corpos e as roupas.

Na noite do sétimo dia ainda houve garoa. Fraquinha, pouco mais do que uma neblina, sem vento; mas minuciosa, branquejando a noite, como garoa de inverno. Embaixo de uma aroeira-vermelha, folhuda, no ponto mais alto do terreno, Venâncio estendeu os arreios. Os pelegos ficaram justapostos, rentes uns aos outros.

Haviam terminado de comer quando a garoa recomeçou. Luana, exausta e dolorida dos arreios, já se metera embaixo do poncho. Venâncio ainda aguardou um pouco, cuidando o fogo, observando as chamas bailarinas sob o véu d'água que adensava aos poucos, mirando as sombras oscilantes que produziam imagens contra o breu do mato, recebendo o batalhão de partículas mínimas que aterrissava variando suavemente à luz do fogo, olhando, adiante, o negror impenetrável da noite misteriosa. Então, quando sentiu que a garoa começava a molhar, se levantou, ajustou as caronas sobre o buraco das golas dos ponchos, primeiro sobre o poncho de Luana, depois sobre o próprio poncho, enquanto se metia embaixo dele, e tapou-se até a cabeça.

Tentou dormir. O sono demorava. A proximidade do corpo de Luana o impedia. Ouvia a respiração, compassada e tênue. O sono dela parecia sereno. A garoa descia, suave e silenciosa. Esgueirou a mão entre os ponchos e os pelegos e encontrou o dorso magro. Esquivou o pano da camisa e chegou às costelas magras e quentes. Correu a mão para baixo, devagar, cruzou pela lateral da barriga, pelo osso da bacia e chegou à coxa. Talvez tenha sentido a tensão que se estabelecera. A respiração silenciara. A mão retornou pelo mesmo caminho até a axila. Ela continuava estática. Talvez simulasse dormir ainda. Quando a mão desceu da axila para o seio, o braço, antes próximo do rosto, se justapôs ao corpo para impedi-la. Alguns segundos se passaram, estáticos. Depois, a mão forçou passagem. O braço acabou cedendo. Chegou ao seio direito, depois ao esquerdo. Em verdade eram meras insinuações de seios que a magreza e a idade não haviam permitido crescer ainda. Tenros projetos. Passivos. Após conhecê-los e evoluir sobre eles, a mão deslizou, devagar, para o sul. A várzea rasa desembocava na canhada, um oásis de vegetação rala. As pernas, justas, dificultaram no início a exploração. Mas acabaram cedendo. A mão demorou-se ali. Quando tornou aos seios, já estavam crispados.

A MULHER

O ENCONTRO DOS OLHOS

Apeou do trodilho-negro, atou o cabresto em um galho de camboim, pôs a maneia de mão e rumou para o ponto onde deixara a menina charrrua.

Como temia, ela não estava ali. Mas as coisas, o couro, os pelegos, estavam. Não fora longe. O provável é que, ao perceber a aproximação de alguém, tenha se afastado, ou apenas se escondido. Um dos pelegos parecia estar um pouco quente. Embora na tarde anterior já estivesse escuro e não houvesse observado o chão ao redor, notava agora as folhas do chão mexidas, como se alguém tivesse se arrastado ou arrastado algo em direção ao centro do mato.

Mas não foi atrás. Sabia que ela estava perto. Acomodou o porongo e a guampa contra o umbu, pendurou a mala de garupa, juntou lenha e iniciou um fogo. Quando o fogo firmou, saiu em busca de um galho comprido e reto para espetar a carne. Ruídos muito tênues chegaram ao seu ouvido. Ela se anunciava. Ele sabia que estava sendo espiado.

Quando a carne já sapecava de um dos lados, se aproximou o pequeno vulto vestindo o pala enorme. Um pouco encurvada, ela se ajudava com uma vara para permanecer em pé. Um dos lados do pala arrastava no chão. Ele seguiu fazendo o que estava, sem olhá-la. Ela se desequilibrou ao se abaixar. Depois se sentou sobre os pelegos. Se movia com dificuldade, mas a melhora era visível. Na tarde anterior, ela estava desenganada esperando a morte. O corpo e a alma haviam revivido pela água.

Ele pegou a guampa, abriu-a e estendeu a ela. Ela bebeu toda e devolveu. Sempre ajustando a carne contra a labareda para que assasse rápido mas sem queimar nenhum dos lados, ele tirou o pão de dentro da mala, cortou um pedaço e alcançou a ela. Foi devorado. Com água do porongo, encheu novamente a guampa e alcançou a ela. Não chegou a beber tudo desta vez. Ele cortou outro pedaço de pão e deu a ela.

Fazia tudo sem encará-la. Diretamente, ela também não o olhava. Havia espiadas furtivas, mas os olhos não se encontravam. O gérmen da confiança, porém, já estava plantado. Da parte dela, ainda cercado de medos e cautela. Mas estava. Uma forma embrionária da esperança.

Quando a carne já estava tostada por fora, ele começou a talhar pedaços e alcançar a ela. Cortava aos poucos, com intervalos, fosse para aguardar que o fogo trabalhasse melhor a superfície da carne, fosse para não permitir que ela comesse muito rapidamente. Ela comia com fúria, no começo, depois, com paciência. Ainda assim, houve um momento em que ela pareceu sentir a ingestão demasiada depois de dias de jejum. Só então ele comeu um pouco.

Ajustando o couro e os pelegos, ela se recostou entre as raízes do umbu. Ele limpou a faca em uma fatia do pão, guardou-a na bainha, comeu a fatia, botou um pouco mais de lenha no fogo para que se mantivesse, botou o resto da água do porongo na guampa, colocou-a ao alcance dela, botou o chapéu e, por fim, se agachou diante dela e a encarou.

Ela não desviou o olhar. Foram segundos de um silencioso diálogo entre os olhos; uma interação serena mas perturbadora, passageira mas definitiva, silenciosa mas definidora. Um pacto se firmava. Um pacto sem palavras, sem letras, sem promessas. Um pacto de histórias, um pacto de destinos, um pacto de diferenças convergentes. Um pacto primitivo, que não supunha uma consciência do tempo e da história, mas ao qual bastava o limiar das sensações do momento individual e seu desafio.

Quando o olhar se atenuou, sem que tivessem deixado de se olhar, ele explicou o que iria fazer e que ainda retornaria naquela tarde. Se ela entendeu as palavras usadas e seu exato sentido, ele não saberia. Mas isso já não importava. Ela sabia que ele voltaria. E ele sabia que ela o estaria aguardando.

Galopeou até a Sanga Maior, trocou os arreios para o zaino e galopeou até os campos do Achego. Apenas três bois haviam se movimentado para o sul. Com jeito, para não fazer correria, os repontou da Coxilha do Índio de volta às invernadas, onde permaneciam os outros. Contou-os duas vezes, confirmando que estavam todos. A galope, retornou ao passo da Sanga Maior, pegou o porongo que deixara ali e se foi à Cacimba do Cerrito.

A noite ainda demoraria. Fez um fogo fumacento sob a colmeia, para espantar as abelhas, e conseguiu tirar uns pedaços de favos empanturrados de mel. Ajeitou-os no chapéu, encheu de água o porongo, montou e, a passo, com cuidado para não perder nem água nem mel, conduziu o zaino até o mato da índia.

Entardecia. Chegou em silêncio. Ela dormia recostada. Abriu os olhos quando ele chegou.

Apoiou o porongo em uma das reentrâncias do umbu. Depois, improvisou um jirau com forquilhas, varas e galhos, onde colocou os favos, a carne salgada e o resto da carne fresca e do pão. Por fim, juntou bastante lenha nos arredores, colocou alguma no fogo e o resto amontoou perto.

A noite chegava. O céu agora estava limpo e pontilhado de estrelas. A lua demoraria. Ele parou alguns instantes diante dela. Sabia que o olhava. Depois, sem dizer nada, se foi. A fundamentalidade da sobrevivência os unia.

Galopeou até a Sanga Maior. Limpou o chapéu do mel que escorrera, trocou os arreios para o tordilho e rumou para a estância, a trote, puxando o zaino pelo cabresto. Era noite fechada.

Voltava pleno de satisfação. E um certo orgulho. Conseguira deixá-la abastecida por dois, talvez três dias. Só com a água do primeiro encontro ela já mostrara certa recuperação. Agora, com comida para uns três dias e água que, bem racionada, poderia durar uns dois, seu estado geral melhoraria bastante.

Não chegara à metade do caminho de retorno e o pensamento aportou nas interrogações e dilemas dos dias que viriam. Conseguiria se recuperar sozinha dos ferimentos? Não seria melhor levá-la para as casas, onde sua mãe poderia cuidar dela? Dom Venâncio permitiria sua permanência lá? Como seria a reação dos outros homens? No galpão corriam muitas histórias de violações, de raptos e até de entrega de charruas aos estancieiros castelhanos que pagavam por isso.

Sua vida mudara no dia anterior. Um colorado-malacara assustadiço denunciara uma presença nova em seu caminho. Uma menina-mulher charrua. Tivesse ignorado as estranhezas do malacara, tivesse voltado para a sede no rosilho-mouro, cavalo centrado e sereno, tivesse optado pelos caminhos junto às Várzeas de Alague, mais ao leste, tivesse sido escalado outro peão para a recoluta dos bois, nada teria descoberto, nada teria sabido, nada teria mudado e nada seria possível. Talvez outro detivesse, então, o segredo. Talvez ninguém. E talvez ela já estivesse morta agora. Mas o acaso assim quisera; e escolhera ele. Cabia a ele, então, o encargo de lidar com aquela circunstância, com aquele tenso e perigoso prazer de movimentar um destino. Único detentor da notícia, exclusivo encarregado da missão, solitário provedor da vida de uma menina charrua. Mais: protetor de uma vida charrua. Talvez não fosse tudo isso, talvez não fosse bem assim; mas era assim que sentia.

AS DÁDIVAS DA ÁGUA

Ele não veio no dia seguinte. No seguinte ao seguinte, sol a pino, chegou num tobiano lavado de suor. Desencilhou e tirou o freio para que se recuperasse logo. Havia boleado uma avestruz e trazia para assarem. Ela deixara o fogo apagar, ou o apagara de propósito. Era prudente. A fumaça poderia ser percebida à distância. A água havia terminado e ela deu a entender que procuraria nas cercanias. Já se movimentava um pouco melhor. Mas o ferimento no peito ainda supurava e tolhia certos gestos. Os demais não preocupavam mais. Era uma charrua. Natural daquelas planuras. Habituada à sobrevivência, às intempéries, à violência.

Com paus e folhas secas, acendia o fogo apenas à noite, quando era menos provável que a fumaça fosse percebida, e mais no coração do mato, para que a luz ficasse presa entre os troncos, galhos e folhas; colhia os frutos da primavera, araçás, aroeiras, figos, pitangas, tucuns, butiás; com a cera dos favos mastigados, fizera uma pequena cuia, onde depositava pedacinhos de raiz de japecanga e de cascas e folhas de aroeira para macerar na água que, depois, umedecia seu ferimento.

Fizeram fogo, depenaram a caça, e ela, com uma faca que ele trouxera, cortou-a em pedaços, espetou-os e pôs a assar. Ele já fora encilhar o tobiano para buscar água.

Comeram em silêncio. Volta e meia se espiavam, como se curiosos para saber mais de quem estava a sua frente, como se inseguros, talvez, sobre como agir com alguém tão desconhecido e diferente, como se indagando que histórias havia passado quem se interpusera em seu caminho e, pelo que parecia, se misturaria fundamente em sua história. Talvez nunca viessem a saber. As palavras comuns eram poucas.

Ainda assim, mesmo que não fosse totalmente compreendido, ele falava. Ela ainda demoraria. Como se antes precisasse curar a ferida.

Após comer, já se preparando para retornar à estância, ele disse que voltaria no dia seguinte com comida e água; que ela ficasse acomodada para se recuperar rápido; que traria mais um porongo, uma cambona, talvez, e o que mais pudesse.

Já escurecia quando chegou. Trouxe pão, carne fresca, um porongo cheio d'água, uma cambona, uma cuia e um poncho velho. Ajudou-a a acender o fogo. Mas não aguardou para comer. Tinha que voltar logo. Ao sair, aconselhou de novo que ela se resguardasse e disse que em dois dias estaria de volta. Ponderou que tomasse cuidado em caso de aproximação de alguém e alertou que no dia seguinte talvez houvesse movimento de campeiros perto dali.

Por fim, se aproximou dela e disse que teriam que mudar o lugar do acampamento; teriam que ir para um recanto mais protegido e mais perto d'água. Disse e se foi. Se foi pensando. Se foi pensando e assumindo certo estranhamento, pois, após a surpresa de se deparar com o que pareceu ser um animal selvagem em estado precário, após o espanto de descobrir uma fêmea nos últimos trâmites da agonia pela vida, e após alguns encontros e algum convívio, sentia ela, às vezes, como uma criança que precisava ser cuidada, e, às vezes, já como uma mulher, o que o perturbava. Foi ao encontro do baio, que deixara atado dentro do mato para que não fosse visto. Um dos baios que domava para os arreios do patrão. Um baio escuro, mais para cebruno do que para tostado, de crinas e cola muito claras, um baio-ruano.

Uma semana depois, a minguante do fim da madrugada já alumiaria, tênue, o acampamento entre as árvores da encosta ocidental-sul do Cerrito. A Cacimba ficava na frente leste, também quase ao sul. Do acampamento, subindo e descendo pela encosta ou costeando pelo flanco sul, se chegava até ela, sempre dentro da mataria.

Uma reentrância no colo da encosta, como um degrau intermediário na caída do cerro, foi o ponto bom para estabelecerem o fogo. Uma anfractuosidade que o mato escondia; uma irregularidade que não se percebia olhando de baixo. De difícil aproximação para quem viesse da planura, porque íngreme e escarpada, ou para quem viesse do outro lado, pelas pedras e o mato intrincado. Do alto do cerro, ninguém viria. Não havia motivo para alguém subir lá. O gado não subia. Cavalos não subiam, nem soltos nem montados. Para alguém chegar lá em cima, só a pé, um pouco se esgueirando, um pouco escalando. Mas onde não chegam cavalos não chegam gaúchos. Não é da história dos centauros andarem a pé.

A proximidade da água foi uma dádiva.

Mas havia riscos. Não podiam deixar marcas que levassem ao acampamento. Assim, evitavam fazer o trajeto mais curto entre o acampamento e a cacimba, que era fraldear o Cerrito pela encosta sul, pelo meio do mato e das pedras, de oeste a leste. Para não fazer trilhas, variavam os trajetos. Procuravam chegar na cacimba como se viessem do leste, contornando-a por longe antes de subirem até ela. Onde havia rochas e pedras, pisavam nelas, pois as cicatrizes do passo seriam menos visíveis do que na grama e na terra.

As infusões, agora aquecidas, a fartura de água e de alimentos e o abrigo de toldos de couro de rês propiciaram a recuperação do corpo e a cicatrização dos ferimentos. Para a idade, ela não era baixa. Tinha a altura do peito dele, e ainda cresceria bastante. Os charruas eram altos. Depois da fome, os músculos se recompunham aos poucos, arredondavam e fortaleciam. Premidos e furiosos no primeiro encontro, desconfiados nos seguintes, os olhos agora eram amplos, desanuviados, oblíquos e muito escuros. Os cabelos, antes desgrenhados, agora escorriam para trás, iluminados e negríssimos. Ainda assim, seu semblante era sério. Às vezes aparentava certa hostilidade.

Ele já não vinha com a frequência dos primeiros dias. Se prosseguisse com os pedidos de campereadas solitárias, com as saídas de madrugada sem lida que justificasse, com os atrasos no retorno, já noite fechada, quando não madrugada, e a exaustão evidente daquela rotina, as suspeitas seriam inevitáveis. Espaçara as vindas à morada do cerro. Mas a abastecia de carne, charque e, às vezes, pão. Ela colhia frutas, raízes e mel. Às vezes caçava. Mulitas, tatus, apereás e jacus eram mais frequentes. Nhandus, capinchos e veados campeiros eram mais raros ou difíceis para ela.

A morada aos poucos se equipava. Ela fez esteiras para o chão da tenda, cestas para carregar e pendurar mantimentos, jiraus para depositá-los. Trabalhava com as folhas e a fibra de tucum, com taquaras e madeiras diversas. Mas, antes de tudo, fizera um arco e flechas com pontas de pedra e uma lança. Algum tempo depois faria também uma boleadeira. Ele, de quando em quando, trazia utensílios velhos já sem uso nas casas: chaleira, panela de ferro, faca, tesoura de tosquia, porongo, cuia, pedaços de corda, couros, vestes e tentos.

O PESO DO SILÊNCIO

Enquanto as condições da morada do cerro melhoravam, enquanto a saúde dela se restabelecia plenamente e enquanto as relações entre eles se estreitavam, irreversíveis, o envolvimento e a responsabilidade dele cresciam. Um sentimento ambíguo, uma contradição de sensações que se acirrava, uma partição de propósitos de difícil convívio e até de exclusão recíproca o inquietavam. O segredo, de início a mera descoberta de uma menina índia numa beirada de capão, crescera com o tempo, com a fixação da morada, com o emaranhamento da relação entre eles, com a mistura dos sentimentos de cuidado, de afeto, de clandestinidade e de medo, e, claro, com a manutenção do silêncio sobre tudo isso por tanto tempo. A conjugação entre a existência do segredo e a passagem do tempo, agravada pela certeza de que, após o encontro da fêmea charrua, ele se dividira em atividades que não eram da estância, violando seus deveres, tornava cada vez mais perigosa a situação.

Qualquer descuido, qualquer coincidência, qualquer observação mais atenta à inevitável mudança no comportamento dele, dos animais ou das coisas, bastaria para gerar suspeitas e, depois, certezas. Certezas que provocariam reações difíceis de prever. Uma desatenção dele ao partir para a morada do cerro que permitisse ser observado por alguém, alguma caçada dela fora do mato do Cerrito em que fosse vista, os próprios restos de animais que atraíam aves carniceiras que atrairiam curiosidade e suspeitas, a intensificação dos rastros em torno da cacimba, a fumaça do fogo da morada do cerro, a falta de um objeto na sede da estância, a observação sobre o desgaste dos cavalos montados por ele e o tempo que levava para campereadas que deveriam ser curtas, enfim, o minucioso e quase interminável rol de alterações, sintomas, raciocínios que produz uma condição nova e fundamental.

E a primeira quebra do sigilo já ocorrera. Certa ocasião, já verão alto, sua mãe comentou com ele que vinha dando falta de pães e que desconfiava de um peão que vira algumas vezes próximo ao rancho. Pego de surpresa, ele não soube o que comentar e apenas concordou com ela. Porém, depois, apesar de suspender imediatamente as apropriações de pães, se deu conta de que teria que assumir a responsabilidade pelos desaparecimentos antes que alguma injustiça acontecesse e agravasse tudo. Ela até já poderia ter comentado aquilo com mais alguém. Pensou em inventar alguma desculpa. Mas não lhe ocorria alguma que justificasse, ao mesmo tempo, a quantidade e a ocultação. Já a verdade resolveria tudo: a inibiria de comentar um assunto que não convinha a ele que fosse comentado, impediria a responsabilização injusta e, de quebra, é provável que ainda lhe desse uma discreta aliada na preservação do silêncio e no abastecimento da morada do cerro.

Assim pensou, assim fez e assim foi.

Discretamente, ela passou a contribuir com alimentos, com utensílios e com os subterfúgios para preservar a clandestinidade parcial da vida do filho. Inclusive, num tempo em que a lida o impedia já por uma semana de abastecer a morada, em uma noite, entrada do outono, ela se arriscou em ir até o Cerrito para levar mantimentos. Ele já havia comentado com a menina charrua sobre o conhecimento e a colaboração da mãe, e que poderiam confiar nela. Porém, nunca lhe ocorrera que ela tivesse que ir até a morada.

Já iniciava a madrugada quando Luana chegou ao ponto onde o filho lhe indicara, no sopé do Cerrito. A lua cheia tardia, ascendendo do leste, desenhava a coroa do cerro contra a planura do oeste deixando a encosta no escuro. Ela apeou do petiço oveiro e permaneceu, segurando-o pelo cabresto, além da sombra. As duas formas, ela e o petiço, eram projetadas pelo luar oblíquo contra o campo, transformadas em monstros a que as irregularidades do pasto agregavam dimensões e pontas. Cumprindo as instruções do filho, imitou por três vezes o chamado do fim-fim. Era como ele se anunciava quando estava chegando. Aguardou um pouco e chamou pelo nome dela. Repetiu a imitação do fim-fim. Novamente, chamou o nome dela, disse quem era e a que vinha. Falava baixo. Mas a noite silenciosa expandia a voz, que esbarrava nas paredes do cerro e se esparramava de volta pelo campo feito uma onda suave.

Luana aguardava, apreensiva. Quase com medo. Não sabia quem era aquela pessoa, nem como agiria. O tempo passava. Imitou o fim-fim mais uma vez. E se ela não viesse? Sentiu um certo tremor no maxilar. Seria frio ou medo? Ambos, talvez.

De repente, levou um susto. A uns quinze metros, à sua esquerda, dentro da fímbria da sombra, se erguera um vulto. Era alto demais para corresponder à menina que seu filho referira. Tinha algo nas mãos que certamente era alguma arma. Luana disse quem era e o que trazia. Alimentos, repetiu. Da voz rouca que veio em resposta, entendeu que era para deixar no chão. Foi o que fez. Depois, puxou o petiço pelo cabresto uns passos adiante, montou, e, contornando por longe, tomou o caminho de volta. Quando a tensão lhe permitiu dar uma espiada em direção ao ponto onde deixara as provisões, viu apenas o luar sobre o campo, viu a fronteira da sombra que recuava, viu a parte negra da noite sobre a encosta e a mataria do cerro, onde seus olhos não penetravam, e sentiu a paz silenciosa de uma noite de lua, sem vento, na solidão dos planos infinitos.

A tensão ao se reaproximar das casas da estância não foi menor. Temia que sua ausência tivesse sido notada; temia estar sendo esperada. Chegou pelo leste, no mesmo trajeto pelo qual saíra, cruzando o arroio Jaguaruna no Passo da Cruzeira e costeando o mato do arroio até o rancho. Uns trinta metros antes de chegar ao rancho, ouviu três vezes o chamado do fim-fim. Mesmo assim, se assustou quando um vulto saiu do mato e se dirigiu a ela. Era seu filho. Não resistira à ansiedade da espera. Depois de confirmar que tudo correra bem, ele disse a ela que fosse descansar um pouco, que ele se encarregaria do petiço e dos arreios.

Desencilhou ali mesmo e atou o petiço a um galho dentro do mato. Estendeu os pelegos, se deitou e tentou relaxar um pouco. Chegou a dar uma cochilada. Antes da hora que normalmente juntavam os cavalos para a lida do dia, ele já os havia recolhido, desencilhado o petiço oveiro e o soltado no piquete.

Ela, quando conseguiu adormecer, foi acordada por um sonho ruim. O Negro, Ele, não estava. Era frequente que Venâncio o encarregasse de viagens ou de acampar como posteiro em alguma das fronteiras do campo. Não eram tarefas que se davam a negros normalmente, pelo risco de fugirem. Mas o patrão confiava que o bom tratamento que lhes dava desestimularia as incertezas e riscos de uma fuga. E havia o interesse de que ela ficasse sozinha no rancho.

JOGOS

Quando entrou o inverno, ela não apenas havia se recuperado das lesões como também da magreza e da debilidade física. Embora em alguns gestos e na própria aparência ainda insinuasse, às vezes, ares infantis, havia crescido. Sua musculatura se desenvolvera, sua habilidade manual era nítida e sua destreza com seus instrumentos já impressionava. Mas, a ele, o que mais chamava a atenção era a sua percepção da natureza, dos bichos, das plantas, do tempo. Dos movimentos. Talvez já tivesse condições de se manter sozinha. Em algum momento essa possibilidade aportou no pensamento dele, que passou a conviver com uma ansiedade nova. O temor de chegar, um dia, e encontrar a morada do cerro inabitada.

A preocupação o levou a forçar mais as fugas até a Morada do Cerro e a se demorar um pouco mais. Isso não passou totalmente despercebido dos habitantes das casas.

Passou a falar mais com ela. Antes ficavam muito tempo em silêncio. Agora ele tentava saber mais dela, o que fazia quando ele não estava, o que passava em sua cabeça, de onde viera, como vivera até chegar ali. Mas, em verdade, o que mais o preocupava era se ela teria algum lugar para onde ir caso resolvesse abandonar a Morada. As conversas eram difíceis. Ela respondia com palavras soltas, portuguesas, castelhanas, charruanas. De algumas ele tinha que adivinhar o significado pelo contexto esparso e precário. Ainda assim, aos poucos, aos fragmentos, foi conhecendo alguma coisa do passado dela. As perseguições, as fugas, as mortes. O sul e o oeste representavam perigo pela proximidade com os castelhanos. O norte e o leste também eram hostis. Estava sozinha. E não tinha lugar.

Na tarde de um sábado chuvoso e frio, ele encilhou um redomão lobuno, vestiu o poncho, desabou o chapéu, montou e se sumiu no cinza esbranquiçado da garoa. A não ser que houvesse alguma necessidade, normalmente não se lidava a cavalo nos dias de chuva. Eram ocasiões boas para ele fazer suas incursões clandestinas. Como ginete, tinha o pretexto de exercitar isso ou aquilo nesse ou naquele cavalo. No caso, a justificativa era habituar o lobuno ao uso do poncho e do laço. Era um cavalo de temperamento forte, assustadiço e com tendência a corcovear. Dias antes, quando ainda não estava bem trabalhado de rédea, um peão, montado no lobuno, havia levantado o laço para laçar um novilho. O cavalo se prendera a velhaquear, derrubando o cavaleiro e quase o arrastando enleado. Claro que um dia de chuva, chão escorregadio, não era o melhor para exercitar um cavalo assim. Os movimentos abruptos de um cavalo descontrolado são propícios às pranchadas e tombos. Porém, para ele, o que importava é que era um dia em que os outros cavaleiros não andavam no campo; era um dia mais seguro para fazer suas incursões clandestinas; era um dia perfeito para ir à Morada do Cerro.

Quando deu uma estiada, tirou o poncho e exercitou o cavalo de todas as formas. Reboleou o laço e as boleadeiras repetidamente, tanto parado quanto a trote e a galope. Passou o laço no encontro, nas patas, atrás da paleta e nas virilhas. De início, o cavalo tremia de tensão; aos poucos foi se acostumando e se submetendo. Algumas vezes, chegou a corcovear, mas, como tinha boa boca, foi controlado na rédea.

Chegou ao Cerrito, como sempre, pelo lado leste. Deixava o cavalo dentro do mato, próximo à cacimba. Caso alguém o descobrisse, teria a desculpa de que parara para beber água. Só que, desta vez, como demoraria mais e o cavalo não era muito manso, desencilhou-o e deixou os arreios cobertos pelo poncho em uma parte mais protegida da chuva pelo mato.

Chegou pela trilha alta. A uns quinze metros da Morada, parou e imitou o fim-fim três vezes. Aguardou alguns instantes. Repetiu a imitação. Se aproximou mais um pouco e, novamente, imitou o fim-fim três vezes. Então chegou. Ela não estava. Como desde a primeira vez, se ocultava no mato e só voltava ao confirmar que era ele e que estava sozinho.

Acendeu o fogo, botou água para esquentar e espetou carne. Ela retornou. Com uma erva que trouxera dias antes, ele preparou um mate que sugaram por uma bomba de bambu feita por ela. Quando um dos lados da carne já estava bem assado e o outro foi exposto ao fogo, ele puxou uma cachaça que trouxera e passou a intercalar o mate e o trago, uma cuia por um gole. Não ofereceu a ela. A certa altura, após tomar um mate, ela estendeu o braço, pegou a guampa e, com cautela, tomou um gole curto que lhe queimou a língua e a garganta, desceu cauterizando as entranhas e contraindo o rosto. Pareceu que não beberia mais. Mas, contrastado com o paladar amargo do mate, a canha tinha algo de doce. Assim que passou a ardência do primeiro gole e a memória da dor, ela quis repetir. A sensação foi a mesma; a reação foi a mesma. Daí, prosseguiram, ambos, no mesmo ritmo, um mate, um trago.

Conversavam. Ou melhor: às coisas que ele dizia, ela devolvia palavras esparsas e tentativas de frases. Mas haviam evoluído. Ele, agora, ria, às vezes, sem motivo claro. Ela não parecia saber rir. A certo momento, porém, começou a imitá-lo com alguns rictos que deveriam ser um riso.

Talvez para prolongar aqueles instantes, mas provavelmente sem consciência disso, ele afastou um pouco a carne do fogo. Tinham mate, tinham canha, tinham o fogo, tinham a Morada do Cerro e tinham a si mesmos.

Não houve uma causa perceptível, não houve uma palavra que insinuasse, não houve um gesto que premeditasse, não houve uma circunstância nova que provocasse. Ele mesmo, já meio embriagado, não teve clareza imediata do que acontecia. Apenas um calafrio, uma vertigem, um vazio poroso lhe subiu pelo ventre quando a mão dela achou caminho entre o poncho e chiripá. Apesar do frio, logo se desvencilharam de ambos, poncho e chiripá. Só então ele começou a tocá-la. Com alguma violência, se despiram, se apalparam, se investigaram, se reconheceram. Em suas mãos, ele gozou mais de uma vez. Ela se deixou tocar, mas não se deixou possuir.

Desde então, aqueles jogos se repetiram a cada encontro, frenéticos, desesperados, selvagens. Sempre inacabados. Mas a frequência desses embates também contribuiria para alimentar, nas casas, a curiosidade sobre as ausências e demoras dele.

UM DESTINO

Foi ela quem primeiro falou em partir. Não apenas por sua natureza andarilha, libertária, charrua. Sabia que não poderia viver ali por muito tempo. Sabia que, mais cedo ou mais tarde, seria descoberta. Talvez por isso não admitisse a possibilidade de ter um filho naquele momento. Naquelas circunstâncias, uma criança agravaria as dificuldades para se manterem, para se defenderem e para fugirem. Mesmo a probabilidade de serem descobertos cresceria. Não era a hora boa para isso; não era o lugar certo.

Em verdade, ambos sabiam que aquele lugar era provisório. Assim surgira. Fora uma solução circunstancial em um momento urgente. Ali se estabelecera por suas características e virtudes e crescera por sua conveniência e até conforto. Crescera na rotina deles; se estabilizara nos hábitos desenvolvidos e nas coisas que serviam a esses hábitos. Cravara-se fundo no pensamento e no imaginário de ambos. Já não era apenas um acampamento circunstancial de fuga. Era uma morada. Instituíra-se como a Morada do Cerro. Acabara por assumir certo foro de permanência. Porém, situava-se em terras hostis. E o inimigo vivia muito perto. O pensamento alternava o conforto estável da morada com a certeza tensa da provisoriedade e a iminência da fuga. Sabiam ambos que o tempo se esgotava. Mais: sabiam que suas vidas estavam atadas; sabiam que aquele era apenas o seu primeiro pouso; sabiam que precisavam partir antes que algo acontecesse. E sabiam que algo aconteceria. O resto, não sabiam. Não sabiam quando abandonariam aquela morada; não sabiam como partiriam; não sabiam para onde ir.

Embora precárias e truncadas, as conversas entre eles já haviam estabelecido a contradição que os presidia: ele, um prisioneiro da estância; ela, uma remanescente de uma liberdade agora imprópria; ele, um degredado de um continente irreversível; ela, uma desterrada em sua terra; ambos prisioneiros da pele, pele a que era proibido o desejo, o sonho, a ambição; ambos presos à expectativa da involuntariedade. Não havia outro caminho que não fugir. Fugir sempre. Em verdade, não era um caminho; era um destino. Ela, desde sempre, estava dentro deste destino; ele estava entrando nele.

E, fulminantes, conflituosos, infelizes, os fatos se deflagraram.

EL HURAÑO

Como muitos outros paisanos que cruzavam aqueles campos, Ramón Huraño havia chegado num fim de tarde de inverno. Como os outros, ficaria uns tempos auxiliando no serviço em troca do teto e da comida, e, assim como chegara, sem palavras, sem tratos, sem compromissos, semanas, ou meses, ou anos depois, em alguma manhã nevoenta, teria partido sem que se soubesse bem de onde viera nem para onde iria. Era um tempo para que seu cavalo ganhasse um pouco de estado e o corpo um pouco de conforto. Mas as inconveniências e restrições do convívio logo pesavam mais do que o conforto do corpo. A liberdade era seu hábito. Para o bem e para o mal. A liberdade irresponsável e irrestrita, que impede o apego às pessoas e às coisas, mas que propicia a crueldade e o crime.

Esses homens eram de variadas estaturas, compleições e pelos. Havia alguns, mesmo, muito claros. A maioria, porém, era de mestiços de europeus com índios. Ainda assim, desprezavam os europeus e odiavam (ou temiam) os índios. Num tempo em que a rusticidade era selvagem, eles eram os mais rústicos; num tempo em que não havia regras nem limites, eles eram os mais insubmissos; num tempo em que a violência era habitual, eles eram os mais violentos. Uma pequena divergência poderia ser considerada uma afronta; uma afronta seria resolvida numa refrega de adaga; e uma refrega de adaga terminaria em morte. Por isso, os peões estáveis os tratavam de longe, com reservas; sem medo, mas com distância; não eram menos corajosos, apenas mais comedidos.

Não se sabia, nem se saberia nunca, nem haveria como saber, mas a origem remota de Huraño era algum malón em algum ponto distante do oeste argentino. Os malones eram ataques dos homens de pele vermelha aos povoados dos homens de pele branca que ficavam próximos à fronteira do deserto. Deserto era como se chamavam as planuras ainda dominadas pelos índios. As planuras e os sopés da cordilheira. Os povoados eram saqueados, os homens eram mortos, as mulheres eram raptadas, escravizadas e violadas. Um de seus ancestrais nascera de uma dessas violações. O outro talvez também tenha nascido da violência, mas de um branco contra uma vermelha. Os brancos também raptavam e violavam índias. Naquelas latitudes, havia poucas mulheres naquele tempo.

Dessa ancestralidade de violências provinha o homem que, num fim de tarde de inverno, em um azulego magro e estropeado, chegou na Estância Jaguaruna. Aguardou a certa distância das casas até que alguém fosse ter com ele. Os cachorros latiam em volta. Havia apeado. Quando o capataz chegou, se cumprimentaram de longe e ele pediu para soltar o cavalo. O capataz lhe disse que desencilhasse e indicou onde o poderia soltar. No mesmo dia, mais tarde, indicaria um lugar no galpão, separado dos demais, por cautela, onde poderia estender os pelegos para dormir. Quando perguntou seu nome, ele rosnou: Huraño, Ramón Huraño. Nada mais foi dito.

O azulego já tinha se recuperado. Não sentia mais os cascos; a matadura que tinha no lombo perto das cruzes já havia cicatrizado e criado pelo; e engordara. A estada na Jaguaruna já demorava. El Huraño era campeiro e silencioso. Falava apenas o necessário para o serviço. Mantinha-se distante dos demais, mas cumpria as tarefas que lhe cabiam. Os outros guardavam uma distância cautelosa dele, especialmente quando bebia. Mas nunca houvera qualquer incidente com ele. De quando em quando, se retirava para algum costado de mato ou beira de sanga com um borrachão de cachaça, uma costela de gado ou meia ovelha. Retornava um ou dois dias depois para retomar a lida.

Foi numa dessas ocasiões que, subindo a Sanga Maior em busca de um ponto para acampar, chegou a uma vertente que, nascendo da encosta norte do Cerrito, corria para a sanga. Era um curso de pouca água, mas rápida, esquiva entre as pedras e reentrâncias do pé do cerro, mas acolhedora nos remansos da baixada. Mesmo na seca do verão, quando tudo mermava, ela prosseguia, embora frouxa, só escorrendo, não saltando. Porém, agora era inverno, e a Sanguinha, também conhecida por el Chorrillo, pujante e alegre, escorria generosa, saltitante nos degraus da barra da encosta, sombria e fresca sob as árvores nos remansos do baixio.

No domingo à tarde, quando descia pelo costado da Sanga Maior rumo ao Passo do Enforcado para retornar às casas, el Huraño viu, de longe, um cavaleiro surgir do Passo do Enforcado e rumar para o sul. Apesar da distância, a geometria e o movimento do conjunto não deixava dúvidas. Os arreios um pouco mais à frente do habitual, meio sobre as cruzes do cavalo; o cavaleiro vertical, pernas oblíquas um pouco flexionadas, estribos longos mas firmes; a mão direita segurando as rédeas entre o polegar e o indicador; a mão esquerda fechada contra a cintura; a tez de pele escura; e o cavalo, claro, era cavalo dos seus arreios. Para quem simplesmente estivesse exercitando um redomão, estava muito longe das casas. E o trote, era evidente, tinha direção certa e destino definidos. Qual destino, não sabia.

Por alguma curiosidade ou por esses acasos trágicos, seguiu-o à distância, como se fosse oferecer ajuda em alguma eventual volteada. Sem ser percebido, viu quando cavalo e cavaleiro se embrenharam no mato, nas fraldas do Cerrito. Decerto fora beber água na cacimba que, já ouvira dizer, havia por ali.

Dali voltou. Desistiu da sequência. Porém, mês e pouco depois, quando saiu para um de seus retiros, se dirigiu para a encosta leste-sul do Cerrito. Cumpriu o trajeto do cavaleiro anterior e não demorou a achar a cacimba.

Nos últimos tempos, o uso contínuo de suas águas havia feito pequenas mas inevitáveis transformações à sua volta. Ainda que não houvesse trilhas nítidas nem a abertura de clareiras, era evidente que a natureza vinha experimentando, ali, a frequência de algum animal. Pequenos galhos quebrados, grama amassada, com crescimento contido, terra mexida. A própria superfície do olho d'água, água estável, estática, parada, não era uma superfície crivada de folhas, de pequenos galhos e de teias, nem era a membrana sobre a qual andavam, pousavam e decolavam insetos. Era um espelho límpido, límpido demais para o movimento da natureza. Um observador atento também notaria que quase não tinha teias de aranha que perturbassem o trânsito de pessoas no acesso à cacimba. A natureza não limpa seus caminhos; aliás, a natureza sequer faz caminhos. Os olhos observadores de qualquer campeiro perceberiam as alterações.

Mas isso tudo apenas evidenciava que a cacimba vinha sendo frequentada. Nada mais.

Ramón Huraño deixou seu azulego na soga, atado ao pé de uma vassoura vermelha que se destacava do mato da encosta, e subiu até as redondezas da cacimba. Com uma faca de folha larga que usava, abriu um limpo no chão, sob a copa de uma coronilha, e, quando arrecadava lenha para iniciar o fogo, se deparou com os vestígios de um dos trajetos usados pela habitante do cerro e seu frequente visitante. Não teve dúvidas de que se tratava de uma trilha. Imediatamente, associou a descoberta ao cavaleiro que, ao acaso, seguira um mês antes. Largou a lenha que arrecadara e, cauteloso, seguiu a trilha.

Em alguns pontos teve dificuldade de achar a sequência. Porém, tinha certeza de que era uma trilha e de que o levaria a algum lugar. Voltou, experimentou rumos, subiu em pedras, se embrenhou em vegetação intrincada, mas acabou achando os indícios de trilhas aparentemente interrompidas mas que tinham prosseguimento adiante.

O sol descendia para o oeste. Seus raios, agora perpendiculares à encosta, perfuravam a cortina de folhas e desenhavam figuras no chão íngreme do Cerrito. El Huraño chegou à Morada. Ainda que esperasse encontrar algo, surpreendeu-se com o que encontrou.

A NOVA CIRCUNSTÂNCIA

Ela pressentira a aproximação. Ouvira os minuciosos sinais que o peso de um homem, ainda que cuidadoso, produz ao amassar as folhas e os galhos secos do chão; escutara o baque surdo no chão do pé de quem desceu de uma das rochas da trilha; percebera o roçar de ramos contra o corpo que passava. O fim-fim não anunciava sua chegada. Mais atenta, então, captara o ruído do galho que, depois de vergado, retornava à posição anterior, varando o ar; sentira, mesmo, o sopro da respiração que se aproximava, o frufrulhar das vestes em movimento, o ranger do couro das botas e até algum estalido de junta do corpo em aproximação. Silenciosa e ágil, ela deslizara mato adentro com o arco e as setas na mão. Porém, o mais ficara. Não só a tenda, os apetrechos, a lança; mas também o pão, a carne, a água. Estava claro que o habitante recém se havia afastado.

Assim que, no primeiro olhar, deu-se conta da situação, Ramón Huraño estacou, aguçou os ouvidos e, com os olhos, vasculhou o mato em redor. Assim ficou por alguns minutos. Sabia que, com a sua aproximação, alguém possivelmente fugira mato adentro; sabia que, neste instante, provavelmente estivesse sendo observado; sabia que, a qualquer instante, poderia ser atacado. Ouviu o ruflar das asas de pombas vindo do mato da encosta, uns trinta metros ao norte. Aguardou, atento, mais alguns minutos. Nada. Apenas os ruídos normais de um fim de tarde de inverno. Um sabiá-poca com seu canto triste, a brisa fria da noite que viria, uma seriema que gania ao longe.

Só então ele passou a observar as coisas. A amarração dos toldos, as esteiras, os trançados de tucum denunciavam a espécie de morador que habitava ali. Por certo o cavaleiro que entrara no mato da cacimba tinha algo a ver com aquilo. Mas o habitante daquela tenda era um índio; provavelmente uma índia. Isso explicava as volteadas solitárias e demoradas do cavaleiro.

A noite já se anunciava. Aquele acampamento era um esconderijo. Ali alguém se homiziava. Os acossados podem ser perigosos. Ramón Huraño sabia disso. Sabia da possibilidade de a qualquer momento ser atravessado por uma flecha. Não era seguro ficar ali. Lembrou-se, de repente, de seu cavalo do outro lado do cerro. O habitante clandestino poderia estar se afastando neste momento montado em um azulego. Retornou rápido.

Os arreios e o poncho estavam no lugar em que os deixara. O cavalo pastava tranquilo. Encilhou-o. Pousar ali seria perigoso. Chegou a se dirigir para o leste, a um ponto bom de acampar na baixa Sanga Maior, próximo às Várzeas. Mas, a meio caminho, desistiu. Já entrava a noite. E outro interesse agora o comandava. Retornou às casas.

O HOMEM

UM FILHO

Assim que chegou da viagem, Dom Venâncio encarregou Ele de construir um rancho para os negros. Indicou o Capão das Coronilhas, onde ficava a tapera de Don Candiota. Os negros eram Ele e Luanda. O tempo ajudou. Duas luas depois estavam estabelecidos. Moravam sob o mesmo teto. Nunca foi dito, mas supunha-se que procriassem negros.

Conviviam bem, pode-se dizer, mas não dividiam a cama nem os corpos. Seria falso ou, pelo menos, parcial, dizer que ele não tentou possuí-la. A verdade é que se insinuou algumas vezes. Mas, a cada tentativa, a recusa vinha, segura. Segura a ponto de abortar a sequência. Passava o tempo e, pela proximidade e até harmonia do convívio, a esperança se refazia, e ele iniciava nova investida. Assim que percebia a insinuação, ela se fechava. Até que a repetição desse jogo acabou por desenganá-lo definitivamente.

Não era incomum ele se ocultar na penumbra do mato e, espreitando os movimentos harmônicos do seu corpo esguio, imaginar a sua tomada, o seu desbravamento, a sua posse definitiva. Quando, certa ocasião, percebeu o que ocorria, ela foi discreta, não dando mostras de que havia notado. Porém, depois disso, procurava evitar esses episódios. A passagem das luas, entretanto, fez com que relaxasse o cuidado, e acabou por aceitar ou ignorar o que acontecia, como se não fosse assunto dela.

Correram murmúrios entre o galpão e as casas. Comentários mordazes de que ela não gostava de negros. Porém, talvez ela apenas não quisesse parir um escravo; ou talvez não aceitasse a conjunção com dois homens; ou talvez, ainda, não quisesse a conjunção com nenhum homem.

Cada vez com mais frequência, Venâncio encarregava Ele de missões mais ou menos distantes, mais ou menos demoradas.

Pequenas viagens até estâncias lindeiras; longas viagens, acompanhando peões ou o capataz; e, por fim, o estabelecimento como posteiro em um dos vértices da Jaguaruna, para controlar o gado, para marcar a posse, para proteger o território. Nestas ocasiões, como ficava sozinho por dias, não seria difícil fugir. Mas Venâncio aceitava esse risco.

Luanda tomava os cuidados possíveis. Com o tempo, quando conseguiu se impor um pouco, chegou a recusar os encontros em épocas que se julgava mais propícia à gravidez. Como todos sabiam que não tinha nada com Ele, se engravidasse, saberiam que o filho era de Venâncio. Esse argumento o fazia aceitar as recusas dela. Embora já não lhe fosse repugnante a conjunção, e, com o tempo, nem mesmo desagradável, Luanda estendia o quanto possível o período de abstinência.

Talvez tenha havido algum descuido na contagem dos dias; talvez alguma alteração no ciclo; talvez tenha sido em alguma das ocasiões em que ele superou à força as recusas, alguma vez meio embriagado, alguma apenas exaltado pelos hormônios. O certo é que, dois anos daquela rotina de carne, Luanda observou com preocupação o atraso do sangue. Apesar do desagrado inicial, de início se entrincheirou na esperança de que não passaria de um rearranjo do ciclo. Depois recorreu a ervas abortivas. Ainda assim, meses depois, se iniciou o paulatino intumescimento do ventre. Então ela assumiu a prenhez e se fechou irreversivelmente. Não teria sido necessário. Preocupado com o que poderia vir e as possíveis repercussões, Venâncio se afastou.

Um ano ou ano e meio depois do nascimento, ele voltaria à carga. Ela recusaria com firmeza e com certa segurança que a condição lhe havia conferido. Porém, como as investidas continuassem com frequência e uma afetuosidade que nunca fora tão clara, ela acabaria cedendo. Mas não cederia quanto ao tempo e as condições em que se entregava. E, se no início cedia como se fosse uma concessão forçada, com o tempo assumiria a si mesma o prazer que lhe propiciava. Seriam anos de um comércio de carne e de algum afeto.

Embora Venâncio sempre tenha recusado a certeza sobre a paternidade, foi o filho homem que a vida lhe deu. (Dona Leonor só teve mulheres.) Mas não poderia assumi-lo. Era um escravo. Mas tratava-o com certa indulgência. Embora procurasse não aparentar, sentia certo carinho por ele. Às vezes, certo orgulho, até. Quando ele partiu, ao alívio causado pelo afastamento da prova física de suas traições se misturou alguma tristeza que tratou de disfarçar na exasperação da perda de um escravo. Como era devido, mandou persegui-lo, mas tardiamente e com a esperança de insucesso.

A PEDRA

YU-DIOI

As águas sabem que o destino é o mar doce do leste. E assim cumprem, se esgueirando entre os enormes edifícios de pedra rumo à Grande Laguna. Indiferente à desesperada sofreguidão líquida, a pedra, desde sua perenidade, se opõe, renitente, ao trânsito convulso. O eterno e o transitório se defrontam. Mas a pedra supõe a água; a água supõe a pedra.

Adiante do confronto entre águas e pedras, num remanso rio abaixo, no canto de uma praia de areia grossa e dourada, imerso na sombra das árvores laterais, Yu-Dioi espreita imóvel. São longos minutos. Uma lufada de vento frisa a superfície ali tranquila da água, mas seus olhos não veem isso. Estão fixos no fundo do rio, que, agora, parece se mover. É como se o próprio chão se movesse; como se a areia do fundo assumisse a condição instável da água; como se tudo fosse fluido. A proximidade da noite, quando a sombra dos cerros já obscurece aquela parte do rio, dificulta a percepção. Mas essa é a hora; a hora boa; a hora certa; a hora em que os navegadores deslizam para as laterais dos remansos, sob as árvores, onde a noite já se realiza.

O ventre chato e a boca de ventosa moldados para vasculhar o chão, a áspera carapaça bélica mimetizada às pedras, ao barro, ao areião, as barbatanas pré-históricas e a cabeça rasa de locomotiva navegam rente à geografia tenebrosa do fundo do rio. É o cascudo que se move ignorante de seu destino. A seta o atinge entre a cabeça e o corpo.

Metros rio acima, sobre uma pedra, Yu-Dioi limpa os peixes, lançando na água as sobras, couros, cabeças, vísceras, ao que acorrem os demais peixes, num burburinho aquático. No alto, próximo ao rancho, sob uma esteira atada aos galhos das árvores, o fogo já espera a carne. Ele cumpre rápido, ágil, o trajeto ascendente, às vezes íngreme, de leste a oeste, da Trilha do Sol, que liga o leste do rio ao alto do cerro. Duas luas por ano, no fim do outono e no início do inverno, o sol da manhã a banha inteira, alcançando o chão mesmo nos estreitos trechos entre as pedras.

Chegando ao alto do cerro, aviva o fogo, aproxima o moquém e estende os filés de cascudo. Sentado sobre os calcanhares, apressa o assado para comerem antes da noite. Mas é em vão. O escuro avança bruscamente, como uma onda negra trazida pelo vento. Naquele alto, é breve o tempo entre os últimos raios do sol e a noite absoluta.

Um ritual silencioso se estabelece. Três vultos debruçados reverenciam as chamas. Oscilantes e fantasmagóricas, as sombras são projetadas contra as árvores do capão do leste, contra os couros oblíquos que protegem o sul e o oeste e se perdem no vazio da escuridão do norte. Comem os filés misturados à grossa farinha de mandioca vinda do quilombo. Dois dos vultos são esguios, os dois meninos Yu-Dioi e Sam-Dioi; o outro concentra as duas mulheres: a mãe e, presa a ela, a filha nascida não faz muito, Una e Guidaí. O pai não está. Partiu há muitas luas. Não se anunciara, ainda, a gestação da filha. Ele não saberia da sua existência.

Yu, o caçador de peixes, deve ter uns dez anos. As formas atuais do corpo já projetam uma verticalidade incomum. A agilidade, a força, a habilidade ficam a cargo da sobrevivência. Os traços do rosto denunciam a diversidade dos rios que ali desaguam: olhos amendoados, nariz estreito, um pouco rasgado, lábios cheios e definidos, maçãs ferindo a pele magra, queixo duro, maxilar riscado até o pescoço, cabelos hirtos, pele entre o colorado e o douradilho.

Tudo que pôde aprender sobre montaria, doma, laço, boleadeiras, maneadores, lida com gado, seu pai lhe ensinou antes de partir. Todas as habilidades possíveis para compensar a falta de peso e de força lhe foram transmitidas. Só então partiu. Tudo que é possível saber sobre o manejo do arco, da lança, sobre caça, pesca, ruídos e movimentos das aves e dos bichos, cheiros, águas e ventos, sua mãe, sem muitas palavras, lhe ensinou. Yu não tem onze anos e é impúbere, mas é um homem. (Nesse tempo nem sempre havia tempo para esperar.)

Bem antes do assobio do fim-fim, já sabe da aproximação de alguém. Distante ainda, ouvira os gritos de um jacu; atento, sentiu o som oco dos cascos do cavalo contra o chão onde a rocha é mal coberta pela grama; logo a égua tordilha sabina, que fazia as vezes de piqueteira atada na borda do capão próximo, parou de pastar e, ainda mastigando, ergueu a cabeça e apontou as orelhas para o céu atentando para o sul. Sabe que não há perigo. Ou melhor, perigo há. O que sabe é que aquele cavaleiro não representa perigo. Ainda assim, por hábito, confere a faca na cintura e a localização do arco, das setas, da lança e das bolas. Foi rigorosamente ensinado a não se afastar das armas. A vida exige cuidados.

Mal levanta os olhos quando Miguel avulta na boca da picada. Imaginava que fosse ele. Um pouco mais velho do que Yu, Miguel é um menino que vive no quilombo e frequentemente traz mercadorias e informações, no comércio de sobrevivência que se mantém entre o Povinho e a Pedra. Os cumprimentos são breves. Miguel se acocora ao lado dos outros. Mais uma sombra que o fogo lança contra a noite. Não conversam de início.

UM QUILOMBO

Não são muito mais de sessenta almas. Talvez setenta. Situa-se em uma espécie de planalto no centro sul da Serra dos Tapes. Umas cinco léguas ao norte está a Pedra, como chamam o rancho edificado em pedra sobre as rochas do Cerro Sul. Negros fugidos, os habitantes mantêm constante vigilância sobre os movimentos dos homens brancos da planície adiante.

Não é possível dizer que o comércio entre o Povinho e a Pedra seja forte. A produção é precária e o regime de subsistência é quase miserável. Ainda assim, o escambo agrega a ambos. Embora instável, o quilombo tem alguma produção agrícola: abóbora, mandioca, feijão, milho. Já a Pedra contribui com carne e cavalos e mulas para arreio e lavoura.

Porém, o traço decisivo, o que realmente os vincula é a ousadia da sua fundação e a temeridade da sua existência. Os une a igualdade da fuga, a solidariedade do medo, a necessidade da sobrevivência e o desafio da liberdade. A vigilância, o apoio, a troca de informações, sim, são fundamentais para ambos.

Quando Una e Jual, vindos do sudoeste, se estabeleceram no Cerro Sul do Inferno, não sabiam da existência do povoado. Nos primeiros tempos, a caça, a pesca e a coleta garantiram sua subsistência. Não se afastavam muito. Depois, Jual passou a repontar cavalos e reses e a pastoreá-los para que se aquerenciassem nas pequenas várzeas de bom pasto dos vales entre os cerros e nos platôs do coração da Serra dos Tapes. Passaram a ter fartura de carne e cavalos para doma e serviço.

Foi numa dessas volteadas que ele encontrou um dos vigias do quilombo. O diálogo foi tenso, desconfiado e reticente. Nenhum deles esclareceu de onde vinha nem o que fazia. Nenhum deles ficou feliz em encontrar o outro. Mas os encontros com outros batedores do povoado acabaram acontecendo, e, no quarto ou quinto encontro, ficou claro que os aproximava a vizinhança na Serra dos Tapes, os igualava a liberdade furtiva e os uniam a desconfiança e o medo. Além da cor.

Logo transpareceria a conveniência recíproca da vizinhança e começaria a troca de utilidades, de parcerias, de informações.

Jual passou a arrebanhar gado e repontá-lo para as redondezas do quilombo. De início, ajudava a pegar as reses, desgarronando ou boleando. Também começou a fornecer cavalos domados e mulas mansas para arreio e carga. A fartura de carne e os animais de trabalho representaram muito para a economia do Povinho. Já a Pedra teve a alimentação enriquecida pelos produtos das lavouras do quilombo. Como mantinha negócios clandestinos com alguns carreteiros e alguns contatos com estâncias da planície, o povo negro ainda obtinha alguma mercadoria de fora, que trocava pelo que produzia e até por serviços, em alguns casos.

Os contatos com os estranhos ocorriam sempre longe do povoado, já na planura ao sul, fora da Serra dos Tapes, nas rotas das poucas carretas que cruzavam o Continente de leste a oeste ou próximo às sedes das estâncias não hostis. Ocultos nas proximidades das rotas, era preciso aguardar a passagem de alguma carreta; ou, nas redondezas de uma sede de estância, esperar a volteada de algum peão, se possível um negro, para estabelecer um contato. O retorno ao Povinho envolvia mais cuidados ainda. Era cumprido aos poucos, em movimentos de avanço e retrocesso, de desvios, paradas e vigílias, ocultando o rastro, até que, confirmado que não havia seguidores, tomava-se o rumo do povoado.

Nada era muito nítido naquele tempo. Mas os estancieiros, que eram a autoridade nas distâncias, normalmente não se ocupavam com o eventual aparecimento de negros transitando pelos campos. O trânsito de gaudérios, quase sempre mestiços, era comum e frequente. Chegavam, trabalhavam um tempo na estância e partiam, sem restrições nem compromissos. Um negro que chegasse a cavalo e soubesse lidar com gado talvez fosse aceito a trabalhar, embora fosse tratado com algum desprezo. Caso se mostrasse bom campeiro e exímio no lombo do cavalo, sua consideração poderia melhorar um pouco.

Porém, se houvesse escravos na estância, não seria bem vista a chegada de um negro aparentemente livre. E sempre pairaria dúvida sobre sua condição, se não era fugido de alguma estância ou das charqueadas, se não haveria alguma recompensa por sua captura e devolução. Além disso, poderia ser que o estancieiro estivesse precisando de alguém para os serviços de volta das casas e o incorporasse.

Mas nada disso era frequente. Negros montados, que fossem exímios campeiros, poucas vezes aportavam nas estâncias. As lidas de campo não eram propícias à fiscalização do trabalho nem ao controle do movimento dos campeiros. E, além de tudo, as distâncias eram muito largas para se pensar em devolver um cativo.

O melhor era fazer de conta que eram livres. Pelo menos enquanto assim conviesse.

Já o regime das charqueadas era bem diferente. Dependiam do trabalho escravo e as fugas precisavam ser inibidas por punições. Eram reprimidas com fúria e alguma crueldade. Às vezes, com prazer sádico. Da mesma forma, os estancieiros que investiam em escravos empenhavam-se na recaptura dos fugidos e mobilizavam os vizinhos, amigos e autoridades.

UMA FUGA

A formação do quilombo acontecera nos primeiros anos do século.

Na sacrificada rotina de uma das charqueadas próximas à vila, a Mundo Novo, num fim de tarde, houve um tumulto. Uma desavença entre escravos. Os feitores intervieram com violência, aumentando inicialmente a confusão, que se expandiu quase descontrolada. Gritos em quimbundo, ordens e ameaças em português. Os arreadores estalavam como tiros e riscavam de sangue o lombo suado dos negros, sem distinguir insubmissos e cordatos. A noite já caía. Em meio à confusão, o chefe dos feitores deu a ordem de fim de jornada. O medo, a revolta, a ira ainda demoraram a se acomodar. Se era improvável e quase inconcebível uma reação física contra os feitores e patrões, não era incomum, entretanto, que a fúria fosse canalizada contra os próprios pares.

Fazia tempo, porém, que um grupo de escravos preparava a fuga. Alguns do grupo perceberam ali, naquele instante, a oportunidade perfeita. A troca furtiva e urgente de olhares foi o sinal não programado que todos entenderam. Como se evitassem o tumulto, foram se afastando da zona de conflito. Uns se esgueiraram até a margem do arroio, uns se ocultaram entre as três corticeiras, junto ao olho d'água, um se estendeu em um desnível do terreno, no leito do pequeno córrego turvo de sangue, e um se meteu embaixo do couro de uma vaca osca, carneada um pouco antes. O furor do tumulto concentrou a atenção dos feitores; a habilidade de movimentos dos fugitivos e a sorte cuidaram de que não fossem vistos; o acaso e a providência ajustaram o resto. O certo é que, pelos insondáveis desígnios do destino, os feitores, entretidos no outro quadrante, não perceberam e nem cogitaram a ocultação. Só no dia seguinte dariam falta dos negros. Controlado o tumulto, arrastaram para o tronco os responsáveis pela briga e outros que acharam merecedores, e conduziram o resto dos negros para o alojamento.

Cúmplice, uniforme, igualitária, a noite veio acolher os novos habitantes em sua carne mais negra. Não havia lua no céu. Não havia estrelas. Não havia luzes. Havia um poncho de nuvens densas e escuras. Seria a noite mais desafiadora, mais emocionante, mais tensa, mais terrível e mais feliz para aqueles homens. Daqueles tempos, seria a noite mais negra.

Como se a noite mesma em movimento, assim que o breu cerrou suas cortinas, os negros abandonaram seus precários disfarces e deslizaram escuro adentro, desenvoltos e desesperados. Agora já não podiam falhar. O delito já se configurava. Agora, além do tronco, dos açoites, da tortura, viria a mutilação; para algum, para exemplo, seria a morte. Iniciavam sua liberdade, mas já não podiam falhar.

A fuga foi frenética. Iniciou-se por dentro d'água, arroio acima. Caminharam a noite toda, até a exaustão. A chuva começou próximo ao clarear do dia, lenta de início, copiosa depois, feito um dilúvio. A cortina d'água fez do dia uma paisagem branquicenta. Descansaram no lodo de um mato. As noites seguintes foram incessantes. Com o passar dos dias e o aumento do cansaço e da fraqueza, o ritmo foi diminuindo. Na medida em que se afastavam, também a tensão diminuía. Durante os dias se escondiam e descansavam. Comiam o que era possível. Tinham as facas de seu trabalho. No terceiro dia conseguiram agarrar um boi desgarronado e enfraquecido. Comeram a carne crua para não fazer fumaça nem deixar marcas de fogo no chão. Depois de algumas noites, entraram nas primeiras elevações da Serra dos Tapes. Daí, passaram a viajar de dia. Alguns dias depois chegaram ao lugar que consideraram apropriado e seguro. Estavam no coração da serrania. Não havia estâncias por perto, não havia sinais de estradas, não havia indícios de gente. Era um deserto. Uma serrania deserta.

Chegaram em sete. Haviam partido em oito. Na caminhada da terceira noite, uma cobra picara um deles. No escuro, não a puderam identificar. Pelas consequências deveria ser uma cruzeira. Dois dias depois, tendo que ser carregado, a fuga ainda tensa, foi dado fim à sua agonia. Com as facas e as mãos cavaram uma cova funda no recôndito de um mato úmido e a cobriram com terra, folhas e galhos para que o corpo não fosse devorado pelos carnívoros, para que a cova não fosse devassada pelos humanos, para que o rumo de sua fuga não fosse estabelecido. Lá ficou semeado o primeiro corpo, em meio ao nada, sem ornamentos, sem símbolos, sem referências, sem rezas, sem deus.

O RAPTO DAS MULHERES NEGRAS

Mas precisavam de mulheres.

Depois dos difíceis primeiros tempos, depois que haviam estabilizado uma sobrevivência de coleta, pesca e caça, quando já haviam construído os primeiros ranchos de varas, barro e capim, quando, finalmente, se sentiam seguros e começavam a pensar que aquilo poderia ser algo duradouro, começaram a considerar a ideia de que poderiam estender aquela liberdade a outros negros e, mais importante, a mulheres negras. A sobrevivência dependia de mulheres. A continuação exigia mulheres. Eles precisavam de mulheres.

Mais ou menos um ano e meio depois da fundação, organizaram uma razia para buscar mulheres. Em verdade, seria apenas um rapto, uma libertação, uma incursão clandestina, furtiva, para prover de ventres o povinho novo. Um furto de mulheres negras. Sem confrontos, lutas, perseguições. Não podiam pôr em risco o que já tinham alcançado. Os desaparecimentos deveriam se assemelhar a outros que aconteciam: um suicida, cujo corpo seria encontrado dias ou meses depois pendurado em um capão das redondezas da vila; um escravo que, numa perturbação do humor ou num acesso de banzo ou de loucura, se extravia pelas ruelas, becos e caminhos e é encontrado dias depois para retornar, manso, à sua rotina; ou mesmo um rebelde solitário que arrisca uma fuga esporádica e temerária e que será logo alcançado pelos longos tentáculos do sistema e exemplado em nome da ordem. Não convinha que a coincidência temporal entre os desaparecimentos das mulheres fosse notada; não convinha que cogitassem sobre a associação entre a grande fuga dos negros da Mundo Novo e o atual desaparecimento das negras; não convinha que imaginassem a existência de um povoado negro em algum rincão do Continente.

Como desde antes da grande fuga, Arcanjo era o líder. O acompanharam Josias e Pedro. Os nomes haviam sido adotados entre eles antes mesmo da fuga. Por algum motivo achavam que aqueles nomes ajudariam a protegê-los. Até chegarem à planície viajaram de dia. Depois, misturados à noite, ainda caminharam três longas jornadas em passo apressado, deixando de largo as sedes das estâncias e charqueadas, até acamparem em um mato a pouco mais de légua da vila. Ali fixaram sua base.

Quando a noite caía, se aproximavam da vila. Chegavam à fronteira entre as últimas casas e o campo. Ali, em alguns pontos, havia acampamentos de negros. Eram aleijados, doentes, velhos, alguns alforriados, outros simplesmente abandonados à própria sorte. Em verdade, todos abandonados à própria sorte. Viviam das sobras: esmolas, apropriações, pequenos furtos. Transitavam pela vila durante o dia. Conheciam as pessoas, sabiam o que se passava e falavam a língua dos negros.

Um deles, quase sempre Pedro, se aproximava dos acampados para estabelecer conversa. Arcanjo e Josias observavam de longe, ocultos, atentos a qualquer perigo.

Não dizia quem era nem de onde vinha. Procurava não demonstrar que procurasse alguma coisa. Mostrava-se interessado pela situação deles. Após conversar um pouco, quando julgava que não havia risco, pedia informações sobre negras jovens. Ou sobre alguma negra jovem. Perguntava por alguma que estivesse insatisfeita, ou pelas insatisfeitas, ficando a dúvida se pretendia uma ou mais. Insinuava, sem dizer como, que poderia conseguir seu resgate; cogitava, sem dizer o que, de alguma colocação conveniente; referia, sem esclarecer onde, algum lugar melhor para viver. As insatisfeitas ou desajustadas eram mais baratas e mais fáceis. Poderia parecer que estivesse ali em nome de algum branco interessado em negras; ou poderia, ele mesmo um negro que tivesse obtido a liberdade, estar em busca de parceira. A circunstância, porém, não indicava isso. Mas também não se suspeitaria imediatamente de que estivesse ali para propor a fuga de escravas. As fugas, sempre desejadas, raramente eram tramadas. O mundo era escravagista. Não havia para onde fugir. Assim, o surgimento de alguém oferecendo fuga a escravas não era o primeiro pensamento que acorreria; tampouco se pensaria na existência de comunidades de negros fugidos. Dentro dessas reticências e ambiguidades, Pedro se movia.

Eles não sabiam, mas talvez tenham sentido que Pedro era igual a eles. Todos eram fugitivos. Apenas, a fuga deles era consentida ou imposta, a de Pedro era criminalizada. Todos eram marginais àquela sociedade.

Pedro foi logo aceito pela pequena comunidade; e foi acolhido como um deles. Logo obteve as primeiras informações; logo angariou colaboradores. Foi acolhido como um deles. Com o auxílio de dois dos mendigos, conseguiu, na terceira e quarta noites e, com algum risco, na madrugada do quarto dia, conversar com seis negras. Sem dizer quem eram, nem de onde vinham, nem exatamente o que queriam, concluíram que uma não tinha o ânimo para o que queriam. Às outras, sem dizer onde nem como, propuseram uma nova vida, livres. Elas aceitaram. Arquitetaram com cada uma um plano de fuga. Sempre por caminhos diferentes, sempre de maneira peculiar, sempre por motivos aparentemente casuais. Nenhuma sabia das outras.

Já na tarde do quarto dia foi notado o desaparecimento da primeira negra. Izabel. Fora lavar roupa no arroio e não voltara. Algumas roupas já estendidas, outras por lavar, algumas peças boiando nas águas e, próximo, um lenço que ela usava na cabeça sugeriam afogamento. No fim da manhã do quinto dia, uma negra alugada a um comerciante que vendia doces de porta em porta não voltou ao ponto de comércio. A busca, que só iniciou no meio da tarde, indicaria que ela tomara o rumo do litoral, que jogara doces para crianças pobres dos arrabaldes, que ria e falava coisas desconexas. A cesta em que carregava os doces seria encontrada dois dias depois, uma légua adiante, rumo ao mar. Rememorando os últimos dias, seu dono se deu conta de que realmente Matilde vinha apresentando um comportamento disperso, fazendo perguntas descabidas e óbvias e dizendo coisas estapafúrdias, às vezes, que ele tomara como brincadeiras de negro. No sexto dia nada aconteceu. No sétimo dia, uma negrinha de apelido Pinhão, mas de nome Madalena, com menos de 15 anos, partiu para a Charqueada Santa Efigênia, a cinco léguas da vila, com um convite destinado ao Barão de Caibaté, para jantar na mansão dos Gomes Porto, na parte alta da vila. Só voltaria no dia seguinte. Nunca chegou ao destino, nem ela, nem o convite. Este foi encontrado muitos dias depois, rasgado e sujo. No local, próximo à estrada, havia marcas do que poderia ter sido uma luta, o arrastamento de um corpo mato adentro e algum sangue pelo chão. O cheiro de sangue das charqueadas atraía predadores, e Madalena não era grande o suficiente para amedrontar um felino esfomeado. Corriam histórias recentes de onças na região. No mesmo sétimo dia duas outras negras não voltaram aos seus donos. Rosário, também muito jovem, auxiliar da Igreja encarregada, entre outros, de buscar o dízimo das famílias de fé avara, e Janaína, a mais velha delas, que não passava de vinte e três anos.

Naquela noite mesma do sétimo dia, partiram todos rumo à liberdade. Ou à esperança, pelo menos. Liberdade ou esperança de liberdade estavam a oeste, num platô da Serra dos Tapes.

A SEGUNDA FUNDAÇÃO

Onze dias depois, chegaram. Exaustos. Mas a construção da liberdade e a alegria da chegada atenuavam a exaustão e curavam o desgaste, a tensão e as feridas da jornada e animavam o futuro. Agora parecia haver um futuro.

Era um fim de tarde de agosto. As aves do entardecer pareciam felizes. Foi a segunda fundação do povinho negro. Com a primeira fundação se pusera fim a um passado; agora, com a segunda, se abria um futuro.

Chegariam outras pessoas. Poucas. De quando em quando. Espontaneamente. Umas por seguirem vagas notícias de um povo no meio da serra; outras por mero acaso. Negros, mestiços, índios e até brancos. De início eram observados e a ronda das fronteiras da serra era reforçada. Depois, a vida prosseguia no povinho negro, com o compartilhamento do trabalho, da carência e da liberdade irrepartível. Mas a discrição da sua existência, o sigilo da sua localização e as precárias condições de sobrevivência o mantiveram como um pequeno aglomerado no coração do deserto serrano.

Afora o rapto das negras, não haveria outras incursões na Vila. O que houve foi que, um ano e pouco após a segunda fundação, uma carreta que levava um piano a uma estância do extremo oeste deixou cinco negros na fronteira sul da Serra dos Tapes. Dois deles haviam participado da cooptação das negras. Junto vieram duas mulheres e um bebê. O bebê e uma delas, às vezes as duas, vieram na carreta; os homens se arrastavam ao lado, alternando eventualmente o lugar na carreta, quando a exaustão os impedia de acompanhar a lenta marcha dos bois. Depois, o trajeto até o Povo foi feito com o auxílio dos homens do Arcanjo. Haviam ficado dias acampados nas bordas da serrania até que um deles, o menos fraco, conseguiu chegar até o povo e pedir ajuda. No ano anterior, grato pelo auxílio, Pedro havia segredado a um deles as referências para chegarem ao platô onde ficava o povoado.

As referências entre eles quando se ausentavam, os contatos com pessoas de fora, ainda que eventuais, o desenrolar, enfim, de sua história foram exigindo designações ao povoado negro. De início era, simplesmente, o Acampamento. Dominavam a indefinição e a provisoriedade. Aos poucos, talvez em decorrência dos contatos externos, surgiram designações como Quilombo, apenas, e Povo Negro ou Povinho, usadas na maior parte das vezes pelos de fora e que acabavam sendo incorporadas pelos povoeiros. Porém, eles logo se deram conta de que as denominações que os identificasse como negros não eram convenientes. Divulgavam sua clandestinidade. Assim, passaram a evitá-las. Com o tempo, bem depois da segunda fundação e da chegada dos inválidos, passariam a usar, meio deliberadamente de início, mas que logo se estabeleceu com naturalidade, a denominação Cerro Cortado. Numa região que abundava em cerros de variados tipos, não definia muita coisa. Não contribuía para a localização do povoado.

Na verdade, o lugar era um breve platô entre cerros. Nas canhadas em torno, a água boa era farta. Mesmo no verão mais seco, algumas das vertentes não se cortavam. A vegetação do plano era rasteira, mas havia lenha em quantidade nos cerros da volta. Dois deles, bem altos, um ao sul e outro a noroeste, eram ataláias privilegiadas, propiciando o esquadrinhamento de léguas do ondulado oceano verde que cercava o lugar.

Cerro Cortado se estabeleceu como denominação do povoado. Cerro, apenas, na maior parte das vezes. Isso ajudava a indefinir as coisas. Mesmo assim, volta e meia alguma das outras designações aparecia.

A MULHER

UM DIÁLOGO

No dia seguinte, ele se aproximou da Morada do Cerro. Como sempre, imitou o fim-fim e aguardou; imitou novamente e, então, avançou. Estava abandonada. O primeiro pensamento, brusco, foi de que ela teria partido. Mas tratou de refutá-lo: não houvera indicativos de partida no seu comportamento, nem motivos imediatos aparentes para isso; não houvera preparo para fugir naquele momento. O pensamento alarmado corria nos breves instantes após o impacto da percepção da ausência. Pensou, então, que poderia ter acontecido alguma coisa que a levasse a fugir. Mas notou que nenhum dos apetrechos nem nada de comida havia sido deixado. Também percebeu que havia um certo mascaramento nos rastros da estada ali, como folhas e galhos sobre a parte aberta e pisoteada do acampamento. Não parecia ter havido uma fuga urgente.

    Estava nesses pensamentos quando ouviu o canto do fim-fim. Aguardou. Novo canto. Então ela chegou. Não parecia perturbada. O conduziu por entre o mato da encosta até um refúgio provisório uns cinquenta metros ao norte, no mesmo costado oeste do Cerrito. Lá, entre um mate frio e outro, contou o que acontecera. Embora precária a descrição do invasor, visto de longe e entre árvores e sombras, ele não teve dúvida de quem se tratava.

    Nenhum disse para o outro, mas ambos sabiam que não poderiam mais ficar ali. Porém, não sabiam para onde ir. Os dias que seguiram foram de tensão e dúvida. Tensão porque, por ela, já teriam partido, mas ele vacilava em abandonar tudo; dúvida por não saberem para onde ir; tensão porque temiam que ele comentasse com outros sobre a descoberta e porque sabiam que ele voltaria a investigar a Morada do Cerro e seus arredores.

    Passou a observar Ramón Huraño e a segui-lo quando pudesse estar tomando o rumo da morada. Por muito observar, logo passou a suspeitar de que o outro também o estivesse observando. Mas não sabia por que isso estaria acontecendo; que motivo levaria Ramón a suspeitar dele. Porém, entre o pessoal, não percebeu qualquer referência ao encontro de um acampamento nas redondezas.

Num domingo à tarde, resolveu lançar uma isca. Calmamente, atou a potranca tordilha-sabina que estava arrocinando ao palanque a alguns metros do galpão e a encilhou. Depois montou, exercitou-a um pouco próximo às casas e, então, tomou o rumo sul.

Era uma tarde fresca de fim de inverno, nuvens correndo no céu e lufadas fortes de vento que dificultavam a escuta e confundiam o olfato.

De quando em quando exercitava a tordilha, galopeando para um lado, para outro, esbarrando, levantando e reboleando o laço ou as boleadeiras, atropelando e esbarrando de novo. Depois retomava o trote rumo ao sul. Quando o movimento propiciava, sem dar na vista, ele enquadrava o norte, em busca de algum sinal suspeito. Mas nada. Depois de cruzar a Sanga Maior no Passo do Enforcado, seguiu um pouco adiante e pendeu para o leste, rumo às Várzeas de Alague. Mas não foi longe. Logo se embrenhou no mato da sanga, onde apeou, ocultou a égua e aguardou.

Já estava desistindo da espera quando, com a brisa a favor, pareceu ouvir o ruído de cascos em algum lajeado. Mais um pouco e divisou, protegido pela elevação do terreno e pela vegetação, a copa do chapéu de Ramón, que se afastava para o sul. Aguardou mais um pouco, dando uma boa frente para o outro. Depois montou e seguiu na mesma direção. Seguiu devagar. Não sabia o que poderia acontecer, nem sabia o que fazer.

Sem saber que era seguido por quem seguia, el Huraño percorreu as redondezas da cacimba em busca da tordilha e de seu cavaleiro. Percebeu que a cacimba continuava sendo usada com frequência. Mas, nada encontrando, baixou de volta para o campo e contornou o

Cerrito pelo sul até a encosta oeste, na posição onde imaginava ser o acampamento que descobrira. Pensava que ele talvez tivesse chegado por aquele lado oeste. Constatou, porém, que a encosta era muito íngreme e que seria difícil acessar o acampamento por ali.

O sol batia em cheio no flanco oeste do cerro. Não demoraria muito para as aves começarem seus movimentos de preparação da noite. Pensando que ele não viera para aqueles lados, Ramón resolveu voltar para a cacimba e talvez refazer a trilha até o acampamento em busca de alguma novidade.

Ele o seguira de longe. Tratando, sempre, de usar a vegetação e o relevo para não ficar visível, aguardando entre as árvores da encosta, atrás de rochas ou de elevações do terreno, imaginando o trajeto que o outro faria e só eventual e rapidamente alcançando-o com a visão. Porém, depois de aguardar numa baixada dentro do mato, ao sul do Cerrito, ansioso, temendo que o novo refúgio também fosse encontrado, apostando em que Ramón tivesse prosseguido para o norte pelo costado do cerro, resolveu avançar.

Assim, quando el Huraño deu de rédeas no azulego de volta para o sul e se destapou de um avançado de vassouras altas que bordejavam o pé do cerro, de trás das aroeiras da faixa de mato ao sul do Cerrito, também ele avultou. Estavam a uma distância de mais de cem metros um do outro, mas se viram inteiros, desde os cascos dos cavalos até a copa dos chapéus. De imediato, ambos concluíram que não havia como recuar. Ambos temeram, embora não soubessem exatamente por quê. No passo lento que levou um ao outro, ficaram imaginando o que dizer, sem que nenhum deles conseguisse estabelecer o que diria.

Se cumprimentaram. El Huraño perguntou se ele estava escaramuçando a tordilha; respondeu que sim. Ele perguntou se Don Ramón estava procurando um ponto para acampar e assar uma carne; Don Ramón, embora não tivesse trazido carne, respondeu que sim.

Nisso, ele, que estava voltado para o norte, percebeu uma tênue fumaça saindo do costado do cerro. Então disse "bueno", movimentou a égua e avançou rumo norte. Ramón, tocando a aba do chapéu, disse "adiós" e seguiu para o sul.

Uns trinta passos depois, el Huraño, sem suspender ou alterar a marcha do cavalo, torceu o corpo sobre os arreios e olhou para trás, observando o outro que se afastava. Seus olhos de campeiro, argutos e investigativos, notaram, também, o esbranquiçado tênue que emergia da vegetação da encosta e, revoluteando, se dissipava no céu da tarde. Ela iniciava o fogo. A noite logo chegaria.

Ramón reposicionou-se sobre os arreios. Estatura mediana, encorpado, pescoço forte, rosto largo, pés voltados para dentro pelo hábito das esporas, pernas volteadas pelo lombo do cavalo, rédeas na mão esquerda, laço apresilhado do lado de laçar, postura vertical sobre o cavalo, estrivos longos de pouco apoio.

UMA NOITE

Ele não conseguiria dormir aquela noite. Ela também não. Depois de dar a entender que voltava para a sede da estância, ele retornara para se certificar de que o novo refúgio não fora descoberto. Não achou vestígios da presença de Huraño nas redondezas, nem na cacimba nem em outros pontos do Cerrito. Corria o risco de se topar novamente com ele, mas o receio de que ela fosse encontrada o fazia aceitar esse risco. Resistiu, porém, à ansiedade de ir até o novo refúgio, pelo medo de estar sendo observado.

Retornou, então, para a estância. Passou a noite atormentado pelo encontro e pela necessidade de fugir. Teria que ser nos próximos dias. Já não havia dúvida de que Ramón rondaria o Cerrito até encontrá-la. Mas o que mais contribuiu para impedir seu sono foi constatar que el Huraño não retornara à sede.

Ela havia terminado de comer um quarto de capivara assado, flechada no dia anterior, no Arroio do Macaco. Já era noite. Não notou que a observavam. Apesar do ouvido apurado, não percebera, no cair da tarde, a aproximação do intruso. Foi cuidadosa, foi lenta, foi passo por passo. No meio do mato, a uns setenta metros do acampamento, cada movimento foi demorado, cada galho vencido era recolocado em equilíbrio, cada passo era estudado para que não falseasse, não estalasse um graveto, não farfalhasse uma folha. A tarde caía; ele se acercava. Ainda havia luz suficiente quando, a uns trinta metros, entreviu, por fim, o movimento dela. Começou a confirmar sua suspeita: era uma fêmea. Era uma fêmea, era uma jovem, estava sozinha. Havia encontrado o ponto da encosta de onde saía a fumaça. Viera do norte, por entre a vegetação do costado do cerro. Deixara o azulego no mato que ladeia o Chorrillo até a Sanga Maior. O chapéu, as esporas e as boleadeiras ficaram junto aos arreios escondidos no mato. Aproveitara o movimento de fim de tarde dos bichos e das aves para se aproximar mais. A uns vinte, talvez quinze metros, parou. Aguardou até que o poncho negro da noite cobrisse tudo. Tênue, oscilante, entrecortada, a luz das chamas entre os troncos, ramos e folhas era, agora, um farol na escuridão silenciosa. Qualquer ruído o denunciaria. Só as lufadas do vento, agora espaçadas e mais brandas, poderiam disfarçar algum ruído. Sua direção, sudoeste, também favorecia, trazendo os cheiros e os sons. A lua cheia ainda não surgira no leste; e demoraria a se destapar do topo do cerro. Quando mal e mal algumas brasas piscavam, ele voltou a se movimentar. Perto das brasas, sobre uma esteira, ela dormia.

Sonhava. Um pesadelo a acometia: era acossada por criaturas monstruosas, às vezes tendentes a homem, às vezes a besta, das quais não conseguia fugir pelo peso dos próprios movimentos e por não conseguir se desgrudar de um chão estranhamente pegajoso. Do pesadelo ela passou à realidade de um homem com o dobro do seu peso e da sua força sobre ela, agarrando-lhe os braços em cruz, forçando suas espaldas contra o chão e pressionando sobre seus quadris. Foram muitos e longos minutos de esforço vão. Pelas têmporas, pelas axilas, pelo ventre, pelas virilhas, o suor porejava. O combate era inútil. No limite da exaustão, o corpo afrouxou inerme. A febre o assolava. As lágrimas de suor brotavam e escorriam. O corpo suava a memória cruel das violências passadas. Então, com uma das mãos, ele tentou se desvencilhar do xiripá. Ainda que sem forças, ela voltou a reagir, empurrando-lhe o queixo com a mão liberada. Exasperado, el Huraño agarrou-lhe o pescoço com fúria e o pressionou contra o chão. Ela ainda tentou se debater. Até que, como se uma chave tivesse sido desligada, a mão que ainda lutava caiu, os músculos todos se afrouxaram e os olhos perderam o foco e se apagaram. A esteira encharcada de suor lhe proporcionou o sonho, o pesadelo, de estar imersa em um pântano.

Quando voltou a si, a imagem nebulosa de um homem resfolegava sobre ela. Talvez não fosse a primeira vez; talvez não fosse a última.

A lua surgira enorme de trás do topo do Cerrito. A luz, agora, banhava não só o campo lá embaixo, mas enfrentava a folhagem das copas das árvores da encosta oeste, abrindo frestas e alcançando o chão de folhas secas. Ela abriu os olhos. Divisou a embaçada silhueta do homem acocorado à sua frente.

Ele a aguardava. Esperou ainda um tempo para ela se recuperar. Depois falou. Falou com seu acento castelhano; falou devagar; falou na forma seca e breve dos campeiros, mas com um nítido tom conciliatório. Disse que ela poderia ficar ali; que não contaria na estância sobre ela; que não a entregaria aos castelhanos.

Ela o observava. Quieta. Na mesma posição em que fora deixada. Ele pediu que ela concordasse. Não se moveu. Ele insistiu. Ela continuou inerte. Ele perguntou se ela entendera. Na esperança de se livrar daquela situação, ela fez um tênue movimento indicando que sim.

Então ele se ergueu e começou a recuar mato adentro. Sem deixar de observá-la, movendo-se meio de costas, meio de lado, ele foi adentrando aos poucos no mato. Dividindo-se entre se desvencilhar dos galhos à frente e atentar para qualquer movimento dela atrás, progrediu uns sete metros rumo norte, no trajeto inverso ao que fizera. Foi quando um ruído vindo do norte, de próximo do alto do cerro, da direção para onde ele se movia, mobilizou sua atenção. Um ruído incomum na noite. Soturno, grave, abafado pelos troncos, galhos e folhas. Um ruído infrequente naquelas distâncias. Quase inaudível de longe; perceptível a média distância; nítido de perto. Um ruído que, apesar de soturno, grave e abafado, carregava certa retumbância. Um ronco. Por instantes, sua atenção voltou-se toda para a encosta em frente e para o alto do cerro.

Quando se recobrou, olhou para trás, procurando-a. Ela já não estava. Então, tentou prosseguir mais rápido. Porém, tinha que atentar para o que poderia encontrar à frente.

A primeira flecha lhe entrou abaixo da omoplata direita, atravessando o tórax, saindo a ponta e uns dois palmos da haste pelo peito. Ao suave baque da transfixação do corpo seguiu um gemido surdo, de boca fechada. Mas não houve queda. Ao contrário, em seguida se ouviram os sons de galhos afastados e de folhas amassadas pelos pés apressados. Os ruídos da fuga. Orientada por esses ruídos, a segunda flecha cruzou um palmo à direita do alvo, secionando folhas e galhos e se perdendo nas sombras adiante até encontrar um tronco de guajuvira. Ao ouvir o zumbido furioso do projétil cruzando-lhe ao lado, ele se deu conta de que correr era o pior que fazia. Parou. Recuperou o tino. Percebeu que se sentia bem, apesar do ferimento. Movimentou-se com o cuidado possível para não fazer ruído, evitando que as sobras da flecha se enganchassem nos galhos e folhas. Ocultou-se atrás de uma pedra. Só então deu-se conta de que estava na borda de um pequeno despenhadeiro de rochas, que ali compunha uma espécie de cinturão do Cerrito, seguido de mais mato até a fralda, onde a vegetação e a declividade se atenuavam, desaguando no campo.

Só os ruídos da noite dominaram o tempo que sucedeu; só os ruídos da noite pontilharam o silêncio que sucedeu; só os ruídos da noite povoaram a paz que sucedeu. Por mais de uma hora ouviram-se os grilos, o trinado lúgubre da corujinha do mato, o grito do graxaim ao longe, o lamento descendente do urutau e, desde o platô do cerro, a marcação rigorosa do compasso da noite por um dorminhoco. A lua rumava, lenta, para o oeste, enquanto as sombras do chão se moviam para o oriente. Os homiziados evitavam que a luz os tocasse. Também a sombra poderia denunciá-los. Ele procurava respirar com o mínimo ruído possível. Ela era silêncio e sombra em meio ao silêncio e à sombra. Sabia que sua vantagem era a distância, e que, agora, uma aproximação em falso seria a morte. Sabia que os gaúchos eram hábeis no campo aberto; mas, sem saber, intuía que o mato não era o seu habitat. Tinha, agora, o domínio dos movimentos. Só não podia errar.

Ele precisava chegar até seu cavalo antes do dia. O sangramento parecia ter estancado. Havia muito tempo, não percebia qualquer indício da presença dela. A lua navegara um bom trecho; a inclinação dos raios, agora oblíquos, mudara o desenho das sombras no chão, nos troncos, nas folhas, nas pedras; o silêncio, agora, era enorme, a indicar, talvez, que em breve as primeiras aves e os primeiros bichos começariam a mover as engrenagens do dia. Volta e meia ele destapava a cabeça de trás da pedra para vasculhar o quadrante de onde vieram as flechas. Nenhum movimento, nenhum ruído, nenhuma alteração.

Recuaria com cuidado pelo costado da parede de rochas que, ali, contornava o cerro, mantendo-se, o quanto possível, protegido pela pedra que o abrigara. Assim que se afastasse o suficiente, poderia apressar o movimento, protegendo-se do sul atrás de troncos de árvores, rumando para a nascente da Sanguinha. Assim fez. Recuou lentamente, observando o ponto onde poria os pés, mas logo tornando o olhar, atento ao que ocorria para o lado da morada nova. Movimentou-se uns sete metros assim. Nada se alterou. Então, virou-se para o norte e, ainda evitando fazer ruídos, aumentou o ritmo dos passos.

Não por acaso ela era uma sobrevivente. Desde que ele se erguera e se afastara, depois da violação e da tentativa de conversa, ela sabia para onde ele tentaria fugir. Foi se deslocando, lenta como a lua, de sombra a sombra, de tronco a tronco, de ramagem a ramagem, de passo a passo. Aquilo era sua vida naquele momento. Movimentou-se rumo leste, cerro acima, e rumo norte, ao fim, paralelamente ao trajeto que sabia ser o pretendido por ele. Não havia outros trajetos propícios para fuga naquele costado de cerro, e, desde o início, ele definira o norte como seu destino. Se, de início, não tinha certeza do ponto exato em que ele se ocultara, com seu movimento e o da lua, ela conseguira definir a posição dele, atrás da pedra. Sabia que ele estava ferido. Não sabia a gravidade, mas sabia que o acertara. Seu ouvido distinguia a flecha que se perde no mato, perfurando folhas, da que encontra logo a dureza de um tronco ou de um galho grosso e da que encontra e perfura a carne branda dos animais.

Na encosta íngreme do cerro, também ela não tinha muito espaço para movimentação. Porém, como a vegetação espessa não favorecia o tiro nas proximidades do ponto onde ele se ocultara, ela prosseguira, postando-se um pouco adiante, onde o mato era mais ralo. Dali teria poucos obstáculos para o tiro quando ele tentasse prosseguir na fuga. E aguardou. Oculta, silenciosa, paciente. Aquilo era sua vida naquele momento.

Aguardou até vê-lo se movimentar de trás da pedra; até vê-lo se afastar, ainda cuidando para o sul; até vê-lo voltar-se para o norte, ainda no costado do muro íngreme de pedras que antecedia o sopé do Cerrito, e aumentar, cuidadoso, o ritmo do movimento. Mas o cuidado não lhe valeu.

A seta o alcançou na lateral do tórax, o atravessou de lado a lado e o arremessou abaixo, no vão entre a parede de pedras e a vegetação que se erguia do degrau inferior da encosta escarpada. Dessa vez o gemido foi audível e seguido de outros. As duas flechas formavam uma cruz horizontal cuja interseção estava no seu tórax. Por pouco a segunda não secionara a primeira. Mas transfixara o pulmão. Agora um silvo denunciava seu esforço pela vida. Tinha o fôlego arfante, emitia um gemido cansado, constante, como um fole vazado já incapaz de converter o ar que sugava. Tendo caído pelas rochas abaixo, ficara suspenso pelas flechas nas garras de um maricá. No primeiro momento, tentou se desvencilhar dos galhos espinhosos que se agarravam às suas roupas e carnes. A cada movimento, a cruz de flechas o instalava mais firme e fundo no emaranhado de galhos pressionados por seu peso. E o sangramento, além de besuntar as roupas e as mãos que o tentaram grotescamente estancar e o rosto que as mãos tocaram depois, desgastava suas forças e seu ânimo. As poucas tentativas de tomar algum controle do corpo e do movimento não encontraram apoio nem para os pés nem para as mãos. Com o tempo, a fraqueza o levou à passividade. Os espinhos laceravam sua carne, mas ele talvez sequer percebesse.

Ela aguardou por mais uma hora. Os gemidos se tornaram muito fracos, mal e mal audíveis. O silvo, porém, prosseguia, embora um pouco mais lento e brando. Já não era um assobio, mas apenas um suspiro de ar soprando. As aves começavam a se movimentar, mas, naquele lado do cerro, a luminosidade ainda não se alterara. Ela se aproximou da beira das pedras. Ele demorou a abrir os olhos. Quando abriu, se encararam por instantes. Ele com o olhar vago dos moribundos; ela com o olhar duro dos que padecem perseguições e violências constantes e, em algum momento, alcançam alguma breve justiça. Algum asco também havia em seus olhos. Depois, já sem expressão, já sem hostilidade e sem qualquer esgar, virou-se e voltou para o refúgio. Lá se recostou e, sem dormir, aguardou a chegada do dia. Ouvia, ou imaginava ouvir, o ruído da morte que se apossava de um corpo, ao norte.

UM DIA

O dia foi tenso. De madrugada, ele, os outros peões e o capataz partiram a trote para os Campos Altos e a Serra do Espanto, na região norte das terras. O inverno não fora rigoroso. Ainda que nem terminado, já dava para começar os trabalhos para a primavera e o verão. Iriam juntar o gado do norte. No meio da tarde, o patrão chegaria para avaliar o rebanho. Curariam os que valesse a pena. Castrariam os que tivessem escapado do rodeio anterior. O serviço seria pesado, bruto, violento. Bolas, laço. Desgarronamento para os mais alçados. De início, repontariam as reses que se embrenhavam nas encostas de vegetação alta da Serra do Espanto para os Campos Altos, até um plano onde faziam o rodeio. Todo o gado do norte era reunido ali. Os Campos Altos eram um conjunto de coxilhas em altitude bem superior aos campos ao sul da sede da estância, e faziam fronteira, ao poente, com a Serra do Espanto, uma breve sequência de cerros sujos. Levavam cavalo de muda. Seria um dia de estafar cavalos. E assim foi.

O dia foi tenso. Não pelo serviço. Os outros campeiros riam e se divertiam com os episódios da lida, por brutos que fossem.

Mas ele não conseguia rir. Aquele rodeio estava marcado havia dias. Não poderia se desvencilhar do serviço antes da noite. Quanto mais homens, melhor. Homens para reunir o gado esparso; homens para manter o gado em rodeio; homens para laçar, pealar, assinalar alguns, curar muitos, castrar algum, sangrar os que não tivessem volta por abichados, descornar algum que precisasse, e por aí afora.

 O dia foi tenso e exaustivo. Os acontecimentos do dia anterior o haviam impedido de dormir. Passara a noite entre cochilos breves, sobressaltos e espiadas para fora do galpão, para o telheiro onde ficavam os arreios e para o sul. Nenhum movimento. Ramón não havia voltado. O mate, muito cedo naquela madrugada, confirmou sua ausência, o que acabou por se confirmar na hora de encilhar cavalo, montar e partir para os Campos Altos. Embora não fosse incomum ele fazer suas retiradas e não voltar para o serviço, era incomum que não voltasse em dia de lida grande e apalavrada. Dias antes o capataz já trouxera o assunto durante o mate da madrugada e haviam começado os preparativos. Os melhores cavalos foram sendo trazidos para junto das casas, foram adelgaçados e casqueados.

 Troteando e, depois, galopeando rumo à Serra do Espanto (fora um dos destacados para entrar na mataria das encostas e, a gritos e atropelões, movimentar aquele gado matreiro para o rodeio), a ansiedade e o medo inventavam histórias do que poderia ter acontecido, ou estar acontecendo, na encosta do Cerrito. Volta e meia, a ideia de se afastar dos companheiros, sair casualmente da sua visão, dar de rédeas para o sul e ir ao encontro dela, crescia e tomava conta de seu pensamento. Chegava a ensaiar um movimento de rédeas; chegava até a iniciar um movimento desarmônico à sincronia dos campeiros que, intervalados, varriam a geografia da Serra com o estardalhaço dos gritos e os latidos dos cachorros; chegava a se distanciar dos demais como se fosse voltear alguma ponta de gado que tivesse ficado para trás. Em verdade, bastaria parar oculto em alguma parte de vegetação mais espessa. A dinâmica do trabalho naturalmente o deixaria para trás. Só e livre para retornar. Mas logo a coragem faltava. Logo o hábito, a invencível noção do dever, o submisso apego à ordem e o medo enfraqueciam sua vontade, e acabava suspendendo o movimento que o desprenderia do todo. Era o melhor. O abandono do trabalho representaria uma ruptura pronta e completa. Uma ruptura que não permitiria retorno à quase normalidade do que vivia.

 Esse ciclo turbulento de ideias de abandono, de breves movimentos de fuga e de sucessivos arrependimentos e retomadas durou o dia todo. Enquanto se embrenhava nas encostas íngremes da Serra do Espanto, enquanto atropelava o rosilho para voltear vacas e novilhos, enquanto reboleava o laço ou as bolas no encalço de algum tourinho, enquanto dava e recebia os golpes daquela lida bárbara, mal atentava para o que fazia. Tumultuado, seu pensamento vagava pelo sul. E, aos poucos, amadurecia e reforçava uma convicção: precisavam fugir.

 Do meio para o fim da tarde, a lida estava encaminhada. Apenas o patrão e o capataz demoravam, contornando o gado, observando uma ou outra rês mais de perto, trocando comentários. Quando alguns dos peões foram dispensados para voltarem à sede, ele encartou no grupo. Voltavam a trote, conversando, rindo, se admirando, recuperando os episódios do dia. Ele, porém, não participava dos comentários; em verdade, sequer os ouvia. Apenas quando perguntado diretamente ou convocado à conversa é que se inteirava e entrava no assunto. No mais, andava longe. Lá pelas tantas, a angústia crescendo ao extremo, disse aos companheiros que precisava chegar à sede antes da noite, entregou o cabresto do cavalo de troca a um deles, pedindo que o puxasse de volta às casas, e frouxou a rédea do douradilho, que espichou um galope firme e ritmado, engolindo rápido as duas léguas que ainda faltavam.

Ao se aproximar das casas, com o olhar sempre buscando o sul, observou, ao longe, alguns pontos escuros no céu da tarde. Se desesperou. Chegou a pensar em seguir para lá sem trocar de cavalo. Então, observou o cavalo e seu movimento. Quase não diminuíra o ritmo do galope, mas o que antes era o baque firme no chão e o efetivo impulso das patas, eram, agora, um arremedo inercial e frouxo que ameaçava desmoronar a cada aterrissagem. Quando as mãos e patas pousavam no chão, da cabeça, do pescoço, dos encontros, das virilhas, espargia suor. Descontrolada, a respiração bombeava o enorme esforço. As narinas, agigantadas como as de um dragão, tentavam engolfar e dar vazão a uma quantidade de ar que já não bastava. Concluiu que o cavalo não chegaria ao destino. Morreria tentando cumprir o comando. Seu coração não suportaria.

Os urubus planavam no sul. Desencilhou rápido. Dar-lhe um banho no arroio o ajudaria a se recuperar. Mas não havia tempo. A respiração o fazia balançar. O pelo encharcado pingava suor. Nos olhos, esbugalhados, as gotas pareciam lágrimas correndo. Seu coração poderia não resistir. Com o cabresto, enforcou-o por alguns instantes. Quebrou um pouco o ritmo da respiração. O coração desacelerou um pouco. Esperou instantes e repetiu o procedimento. O coração do cavalo desacelerou mais um pouco. Ficou ali parado, as mãos e patas um pouco mais abertas do que o normal, num equilíbrio precário.

Os urubus planavam no sul. Sobrevoavam o Cerrito. Ele entrou na mangueira. Haviam ficado ali alguns cavalos preteridos na escolha da madrugada. Dentre eles estava um tostado ruano, dos arreios de Dom Venâncio. Fora deixado para que o patrão o encilhasse mais tarde, quando fosse vistoriar o rodeio. Por algum motivo, talvez por preferir o trote do baio que encilhara, talvez pela dificuldade de embuçalar o tostado, às vezes meio arisco, não o fizera. Talvez apenas porque preferisse os baios.

O tostado era dos melhores cavalos de arreio da Jaguaruna. Forte, ágil, bom de pata e doce de boca. Ele mesmo o domara. Mas era dos arreios de Dom Venâncio. Encilhá-lo seria uma usurpação. Embuçalou-o e encilhou. Deixou a porteira aberta para que os cavalos saíssem da mangueira. Assim não notariam imediatamente a falta do ruano.

Antes de partir, deu uma cruzada pelo galpão. Conferiu os quartos. Verificou os arredores. No telheiro onde ficavam os arreios, só cordas esparsas, pelegos e algum arreio fora de uso. Ramón não voltara.

Na medida em que se aproximava, quase a toda rédea, confirmava que eram urubus planando sobre o Cerrito e que havia algo morto ou moribundo por ali. Na medida em que as imagens se definiam, sua angústia aumentava. Na medida em que as suspeitas se confirmavam, alguma coisa que talvez se chame revolta, talvez medo, talvez ódio, crescia dentro dele.

Não entendia bem o que sentia por ela. Estranhava um pouco a si mesmo, mas não se ocupava em se entender. Uma curiosidade que não amainava, certo receio da liberdade natural que ela, sem ostentar, ostentava, certa tensão que lhe impunha a firmeza frágil dela.

UM ACERCAMENTO

Convencido de que algo muito ruim acontecera no Cerrito e com a suspeita forte de que Ramón estava por ali, decidiu não chegar pela trilha da cacimba. Apesar da angústia de não saber o que ocorrera, sabia que, agora, a pressa não ajudaria. Àquela altura, o que tinha que acontecer já havia acontecido. A noite caía. Queria a vantagem da surpresa. Mas logo se surpreenderia.

Ao tentar acessar a encosta oeste do Cerrito pelo norte, justamente no ponto de onde corria el Chorrillo, deparou-se com o azulego.

Primeiro retrocedeu. Atou o tostado um pouco abaixo dali, no mato da Sanga Maior, e, com cautela, vasculhou os arredores de onde estava o cavalo. Na confusão de pensamentos, chegou a cogitar que tudo fosse uma coincidência. Que Ramón estivesse acampado por ali para tomar suas borracheiras, que tivesse carneado algum animal para assar e que os restos desse animal teriam atraído os urubus.

Porém, a revista nas redondezas acabou por aumentar seus temores. Mostrou que Ramón não estava ali, que não havia, nem houvera em dia próximo, acampamento algum, e que tanto o estado do cavalo quanto o dos arreios indicavam que estavam ali naquela posição fazia tempo. O pisoteio do animal no mesmo lugar, o esterco acumulado, os baixeiros secos, a baba seca no bocal do freio contrastando com a ausência de sinais de acampamento, como a cicatriz do fogo no chão, lenha, restos de assado e ossos, pelegos estendidos, indicavam que el Huraño apenas deixara cavalo e arreios ali.

Iniciou, então, a pé, a subida do cerro pelas pedras do norte, ladeando a Sanguinha, até cruzar por sua vertente, pender para a direita, adentrando no mato da lateral oeste, e prosseguindo pelo plano oblíquo, às vezes mais às vezes menos inclinado, às vezes mais às vezes menos intrincado pelos arbustos e árvores. O sol, agora, já era apenas uma claridade no ocidente. A lua ainda demoraria. Ali, naquele ponto do planeta, naquele momento, estavam ele e o escuro da noite que se consolidava.

Não fosse isso, talvez pudesse perceber algumas folhas do chão amassadas pelo peso de um corpo que cruzara, algum ramo ainda enganchado em outro depois de ser afastado pelo passante, alguma haste de arbusto que, pisada, se quebrara junto do chão. Mas a noite já era densa.

O tempo corria, lento e perigoso. Ele não sabia, mas estava mais ou menos no meio do trajeto entre a vertente da sanga e o refúgio. Seus movimentos eram o único compasso da noite. Mesmo os bichos, parecia, haviam silenciado. A ansiedade do início fora se transformando em dúvidas. O sol já não era nem uma lembrança no oeste. A luz da tardia lua cheia só chegaria no curso da madrugada. Agora, ali, estavam apenas ele, o silêncio e a escuridão. Parou. Se perguntava por que não decidira fazer a aproximação pelo caminho da cacimba; por que não optara pelo caminho conhecido, se o outro tinha aberto caminho pelo norte, como parecia; e, ainda, se nada estava acontecendo por ali, como o silêncio indicava, por que não esperar o dia seguinte.

Foi quando ouviu, ao longe, o canto do fim-fim.

Um choque de alegria lhe percorreu o corpo. Logo, porém, a dúvida avançou sobre a alegria. Era ele quem se anunciava ao chegar, não ela. E se Ramón tivesse descoberto o sinal; e se Ramón tivesse extraído dela a senha; e se ela, pressionada, tivesse invertido o ritual com a intenção de preveni-lo. Não teria como saber. Mas concluiu que já não havia como recuar. As coisas precisavam se definir. Prosseguiu. Com cautela, mas prosseguiu.

Não imitou o fim-fim. Preferiu não confirmar logo sua presença. O som viera de longe. Ainda tinha um bom trajeto para cumprir e algum tempo para pensar. Prosseguiu.

O escuro era denso. Seus olhos, porém, haviam se adaptado ao breu o quanto possível. Sabia que as manchas mais escuras eram buracos ou troncos ou folhagens densas; sabia que as nuanças em cinza eram as aflorações da rocha branquicenta; e sabia que não havia certezas na escuridão. De repente, em um ponto em que a vegetação era menos farta porque a pedraria estava exposta na superfície do solo, seus olhos estranharam uma visão. Contra o plano acinzentado de uma afloração de rochas, se desenhava uma figura muito negra. A silhueta indicava ser uma ave grande pousada sobre uma das pedras. Um pouco além estava o negror do perau. Se aproximou para confirmar a suspeita. O pássaro adejou, ameaçando levantar voo. Ele parou e recuou. Não queria que o voo da ave denunciasse sua posição. Mas confirmou o que era possível: ali estaria a causa do sobrevoo dos urubus. Ali estaria a resposta para suas dúvidas. Muito próxima. Mas as trevas o impediam de ver.

Prosseguiu. O chamado do fim-fim viera de mais adiante. Isso indicava, então, que ela estaria viva e que os abutres não comiam a sua carne. Imerso no breu e no silêncio, foi o que lhe pareceu naquele momento. Deixou a ave pousada e prosseguiu buscando o refúgio. Sua esperança crescia. O azulego atado por tanto tempo no mato do Chorrillo, os aperos de Ramón deixados lá, o canto do fim-fim, a ave funesta emoldurada pela rocha. A conjunção dos fatos insinuava certa alegria.

Emitiu o canto do fim-fim. O silêncio retornou, grave e suave. Uma brisa breve abanou as folhas da encosta. O cheiro da noite já se estabelecera. A noite era soberana. Segundos depois, de longe, o fim-fim respondeu. Apressou-se. Ainda estaria distante do refúgio. Porém, em seguida deu-se conta de que cruzava por ele. Abandonado. As interrogações voltaram. Mas prosseguiu. Agora já descuidando dos ruídos.

Já perto da Morada do Cerro, repetiu o fim-fim. O canto retornou.

Lhe ocorreu, então, um jeito de confirmar, por fim, que estava tudo certo e seguro. Pronunciou o nome. O nome secreto com que ela o tratava. O nome que só ela dizia e só ele ouvia. O seu próprio nome. Baixo, mas nítido, lançou-o. A palavra se embrenhou entre as folhas, os galhos e os troncos do mato da encosta; a palavra se elevou e planou sobre as copas baixas do mato da encosta; a palavra se reuniu e pousou, suave, límpida, apaziguadora, na Morada do Cerro e nos ouvidos dela.

Grave e suave, o silêncio retornou. A brisa breve abanou as folhas da encosta. O cheiro da noite. A noite soberana.

Ela, então, se distensionou. Desarmou o arco, ergueu-se em meio ao mato e saiu do reduto de onde observaria a chegada do visitante. Uns onze passos silenciosos esgueirando-se entre as ramagens e estava na Morada do Cerro. Então pronunciou o nome. O nome secreto com que ele a tratava. O nome que só ele dizia e só ela ouvia. O seu próprio nome. Lançou-o. A palavra se embrenhou entre as folhas, os galhos e os troncos do mato da encosta; a palavra se elevou e planou sobre as copas baixas do mato da encosta; a palavra enfrentou uma pequena lufada de brisa norte, mas se reuniu novamente e pousou, suave, límpida, apaziguadora, nos ouvidos dele.

Na solidão segura da Morada do Cerro, sob a proteção indevassável da noite, com a certeza reconstruída de que sua história prosseguiria, se abraçaram. Se abraçaram demoradamente, apenas. Não houve perguntas, não houve palavras. Pegaram no sono, justapostos, aquecidos um pelo outro.

A VISÃO

Quando a lua cheia a pino furou as ramagens das copas das árvores e pontilhou o chão de luz, ele acordou. Tinha muito o que fazer antes de voltar às casas da estância, e precisava chegar lá antes do movimento dos homens. Ao se mexer, ela acordou.

Agiram juntos, então. Fizeram o caminho do norte, por onde ele viera. Ao chegarem na parte de maior afloração de rochas, lá estava, agora iluminada pela lua, a ave negra. A luz permitia ver outras duas ou três nas árvores próximas. Ela tocou no braço dele, fez um gesto e se dirigiu para a beira do grotão. Ele a seguiu.

Com a aproximação deles, a ave negra levantou voo, pesadamente. Logo foi seguida pelas outras. Ao chegarem na borda do perau, uma outra ave, que estava abaixo, meio camuflada nas sombras da noite, se movimentou com dificuldade. Teve que se desvencilhar dos galhos para expandir as asas longas. Saltou sobre uma pedra e finalmente conseguiu alçar voo.

Só aí a atenção deles se voltou para o que havia a uns metros para a direita de onde o pássaro partira. Banhado em cheio pela luz da lua cheia, afundado entre os galhos do maricá, crucificado pelas flechas cruzadas no abdômen e com os olhos vazados pelas aves carniceiras, o cadáver de Ramón Huraño.

Prosseguiram. Depois de instantes, prosseguiram.

Ao chegarem na Sanguinha, ele encilhou o azulego com os arreios do morto, montaram, ele no tostado, ela no azulego, e trotearam até o Passo do Enforcado para dar de beber aos cavalos. O azulego precisou ser interrompido em dois momentos para que não bebesse demais de uma vez só. Sugava às golfadas a água que por dia e meio lhe faltara. Ela o suspendia na rédea e aguardava um tempo para que o corpo se organizasse e distribuísse e absorvesse a água urgente. Depois, encaminhada aquela porção, novamente permitia ao cavalo o beijo sôfrego na superfície fria. Na terceira vez já não havia desespero. Instantes depois, o cavalo ergueu a cabeça espontaneamente. Estava saciado.

Daí, se separaram. Ele seguiu a galope para a estância; ela troteou até a cacimba. Lá, desencilhou e ocultou os arreios no mato. Usando o laço do morto, deixou o azulego na soga em um vão do mato mais ou menos protegido. Depois se recolheu à Morada do Cerro e dormiu um pouco. Quando começaram os movimentos para o novo dia e da frente leste do Cerrito já se via a claridade no nascente, ela voltou e recolheu o cavalo para dentro do mato, onde passaria o dia.

Ele chegou nas casas pelo leste. Cruzou o Arroio Jaguaruna no Passo da Cruzeira e prosseguiu rente ao mato até próximo ao rancho da mãe. Protegido pelas árvores e pelo rancho, desencilhou, encostou os arreios contra a parede, disfarçou as marcas do arreio e da cincha no pelo do cavalo e o soltou. Luana veio ver o que estava acontecendo. Tranquilizou-a dizendo que estava tudo bem. Quando chegou no galpão, dois peões já mateavam. Deu bom dia e se acocorou junto ao fogo para matear. Nada lhe foi perguntado.

Mas, é claro, as dúvidas se acumulavam.

Um cadáver agravava muito as coisas. Precisava enterrá-lo em cova funda, onde não pudesse ser encontrado pelos homens nem mexido pelos animais. Precisava de uma pá ou uma escavadeira. Precisavam fugir. Precisavam de cavalos, de arreios, de algum mantimento para os primeiros dias, para evitar paradas longas. Era preciso decidir para onde iriam. Pelo menos saber que rumo tomar. Uma certeza havia: precisavam fugir. Imediatamente.

A BRUXA

Colorada, frente aberta, manchas brancas na cara e nos encontros, clinas negras, mãos brancas, patas negras. Filha de uma égua oveira, de uma manada que parava ao sul. Alçada. Ele se encantara pela potranca. Depois de algumas tentativas frustradas, conseguiu boleá-la. Deu trabalho. Foram meses entre os primeiros golpes, o manuseio a pé, a encilha, os primeiros galopes, o laço, as bolas, a lida.

Fizera o mesmo com outros potros alçados, que acabaram se incorporando ao serviço da estância. Mas a Bruxa, como a chamava, embora forte e boa de arreio, acabara ficando no uso dele. As éguas não eram muito apreciadas para encilha naquele tempo. O pelo oveiro também não era muito prestigiado pelos gaúchos e estancieiros. E a Bruxa tinha lá suas venetas. Talvez resquício de sua origem bravia. A qualquer movimento do cavaleiro, reagia, brusca, com movimentos fortes; de repente, não se sabia bem do que, se assustava; não aceitava cordas nas virilhas; e, embora muito sujeita de boca, do nada, dava uns pulos. O certo é que era respeitada por perigosa.

Tinha um movimento muito pegado ao chão. Parecia se mover por baixo. E rápido. Ao comando, lançava as mãos para o lado contrário, seu corpo inclinava, o lombo baixava e ela se jogava com força. Se o campeiro não estivesse bem grudado e não antecipasse o movimento, se desorganizava. Mas ele a apreciava. Conhecia bem seu modo. Dava atenção e cuidado a ela; a tratava com carinho até; como a uma criança levada.

Desde que a Morada do Cerro fora descoberta por Ramón, trouxera a Bruxa para perto das casas, para ficar à mão. Ela era sua. Quando tivesse que fugir, seria nela.

Desde aquele dia, começara, aos poucos, a trazer de volta para a estância os utensílios que levara para a Morada e que não poderiam carregar na fuga. Denunciariam sua presença no Cerrito e sua associação com alguém que habitara a encosta. Quanto menos indícios sobre o que ocorrera, melhor.

A ausência de Ramón foi comentada, mas logo deixada de lado na suposição de que seguira seu caminho. Os poucos apetrechos esquecidos por ele não mudavam a conclusão.

No dia seguinte à noite tensa em que soubera do desfecho das investidas de Ramón Huraño, ele e outros dois peões estiveram pastorejando e revisando a manada de éguas que, naquela época, parava nas Várzeas de Alague. Quando, à tarde, os outros dois tomaram o rumo norte, para a sede, com o pretexto de conferir se havia gado além do Arroio do Macaco, fronteira sul dos campos de Dom Venâncio, tomou o rumo contrário. Assim que os perdeu de vista, deu de rédeas para o Cerrito.

Chegou na Morada do Cerro pela trilha da cacimba, como fazia antes. Imitou o fim-fim, como sempre.

Ainda era dia quando ele e ela enlaçaram uma das pernas do cadáver e o suspenderam até a plataforma de pedras. Estava bem lastimado pelos abutres e já cheirava mal. Quebrando-as, arrancaram as flechas do corpo e o lançaram de volta ao perau no lugar mais fundo entre as rochas e oculto entre as árvores. Era improvável que fosse descoberto. Pelo intrincado do mato e a irregularidade íngreme das pedras, o lugar era inacessível para quem viesse do campo. Por aquele costado do cerro em que transitavam agora e que fora o caminho dele e de Ramón, ninguém transitava. Pelo sobrevoo de urubus não haveria maior curiosidade, pois eram frequentes naquelas lonjuras. Além da morte natural de bichos, era hábito carnear uma rês, assar uns pedaços e deixar o resto exposto aos animais carniceiros. Ao contrário de um corpo enterrado, oculto, aquela morte exposta não implicava a participação de ninguém mais, salvo pelos buracos das flechas que logo o tempo e os abutres fariam indefiníveis. Em verdade, o maior perigo seria um predador grande, uma onça, arrastar o corpo para um lugar mais visível. Mas, engastado entre as rochas e os galhos de maricá, isso não seria tão fácil nem provável. As onças, as grandes, as que merecem o nome de onça, preferem presas vivas e, entre o mato e o campo aberto, preferem o mimetismo das sombras. Animais menores, como graxains, lobos e gatos do mato, no máximo arrancariam pedaços pequenos. Com o tempo, sim, possivelmente ossos humanos aparecessem pelas redondezas. Mas já teria passado tempo suficiente.

    Ele estava exausto. Vinha de duas noites insones. Terminada a ocultação do corpo, tomou o rumo da sede num trote largo. Quando chegou, a noite já era absoluta. Precisava daquela noite. Precisava de uma noite de sono profundo. Nem a chuva tormentosa que chegaria na madrugada haveria de sobressaltar seu sono. Os dias seguintes seriam exigentes; as noites seriam breves.

    Partiriam. Partiriam na noite seguinte.

A tarde precedente à partida, ela passaria camuflando os rastros de sua vida na Morada do Cerro. Passaria apagando o tempo e suas marcas nos costados do Cerrito. Restaria a memória, apenas, da Morada.

A tarde precedente à partida seria de rituais. Agradeceria ao cerro o colo e o abrigo, às árvores o esconderijo e a sombra, à cacimba a água boa e generosa, às aves e aos bichos os sinais, e à onça, a Jaguaruna, a vida.

Bem antes da lua cheia avultar no oriente, já estariam fora dos campos de Dom Venâncio Silveira Couto.

A JAGUARUNA

Naquela mesma madrugada, noite fechada ainda, a sensação de estar sendo observada a despertou. A tensão e o silêncio absoluto pairavam. O tempo transcorria. Afora o silêncio, que parecia extremo, nada de estranho. Talvez apenas um pesadelo. Talvez apenas a memória alerta aos perigos. Talvez apenas a tensão do corpo prevenido pelo passado.

A tormenta talvez explicasse o silêncio minucioso dos bichos da noite. Era iminente.

A chuva sulina se anunciava, ao longe. De vez em quando a lua cheia, quase minguante, conseguia transpor a barreira de nuvens e lançava alguma claridade sobre o mundo. Os ventos que normalmente precedem as chuvas ainda não haviam começado. Apenas a estagnação e o silêncio úmido e quente indicavam o que estava por vir. Ao sul, no horizonte, talvez já se vissem os estilhaços luminosos dos relâmpagos, mas os sons ainda não chegavam.

Foi quando a percebeu. Ao olhar para o alto do cerro, a percebeu. Os dois pontos luminosos. Estavam a uns vinte metros dela. A branda luz da lua logo desenhou a silhueta negra sobre uma pedra que sobressaía na vegetação. A Jaguaruna. Não estava focada, nem tensa, nem armada para a caça nem para o combate. Estava serena, contemplativa, quase distraída, movendo a cabeça, cheirando o ar, às vezes, observando a noite, aguardando a chuva. O clarão de um raio sobre a várzea da Sanga Seca, o primeiro nas redondezas, a retratou, soberba e soberana, senhora do seu mundo.

Já a tinha percebido em outras ocasiões. Muitas ocasiões. Desde o início. Assim que haviam estabelecido morada no costado do cerro. Seu ouvido arguto iniciara por perceber sons que não se explicavam pelo vento, nem pelas folhas ou frutas ou galhos que se soltam e caem, nem pelos animais pequenos e corriqueiros, nem pela incessante atividade dos insetos.

Mas foi na sétima noite na Morada do Cerro que, ao ouvido, juntou-se o olfato, e ela percebeu que um felino rondava. Aguçados os sentidos contra a noite, os sons e o cheiro acabaram por conduzir a vista que alcançou o vulto que se movia. O escuro dentro do escuro; o silêncio dentro do silêncio; as trevas fluidas se movendo. A onça negra. Aos poucos, a uma distância de quinze a vinte metros, cheirando, escutando, espreitando, a onça negra circundou a Morada do Cerro. Ela aguardou. Atenta, armada, mas serena. Cumprido o rito, a Jaguaruna se afastou, embrenhando-se nas sombras ao norte.

Habitaria alguma reentrância de rocha nas escarpas do cerro. Seriam vizinhas. Se conheciam, se respeitavam, se admiravam. Ainda assim, naquela primeira vez, ela reavivou o fogo com gravetos e paus mais grossos antes de retomar o sono.

A onça seria sua guardiã.

Já fazia muito tempo que a onça negra era vista no entorno do Cerrito. Visões esporádicas. Ou melhor, percepções esporádicas. Vê-la era difícil. Não se deixava ver. Mas restos de animais abatidos, fezes de onça, cheiro da urina, alvoroços de aves eram observados às vezes. A escuta do rosnado e a visão dela mesma eram raros. Os sinais da sua presença por ali valeram ao Cerrito a designação de Cerro da Onça. A designação contribuiu para a fama, e a fama contribuiu para que o lugar fosse evitado pelos campeiros. A própria água da cacimba só era procurada quando a sede fosse grande, e era precedida de atenção e cuidados. Chegava-se com vagar, dando um tempo para os cachorros farejarem e observando a reação dos cavalos. Enfrentar uma onça daquele porte com adaga e poncho seria sortear a vida. As armas de fogo não eram frequentes naquele tempo. Seu uso dificilmente teria o impacto necessário. Talvez até o estampido contribuísse mais do que o chumbo. E os rebanhos eram fartos e havia poucas onças naquelas distâncias. Não valia a pena se arriscar. Por isso, o melhor era passar de largo, pelo campo aberto.

O certo é que a fama da Jaguaruna tornou o Cerrito um reduto eficiente contra os homens.

Talvez Ramón, um andejo, não tenha ouvido a fama do Cerro da Onça. Talvez julgasse que era apenas um nome, já sem significado. Eram frequentes os nomes de lugares com referência a um animal ou a um evento já perdido no tempo. E talvez, mesmo sabendo, a curiosidade e o desejo tenham sido estímulos suficientes para superar a prudência. O certo é que, soubesse ou não, na noite de sua morte, quando se afastava para o norte cuidando o que se passava atrás, na Morada Nova, foi surpreendido pelo chamado da Jaguaruna. Aí tudo mudou. Uma coisa é uma fama abstrata; outra é o rosnado da onça. Atentando para o alto do cerro, à frente, de onde viera o rugido, desviou o seu trajeto um pouco mais para baixo, para a faixa mais pedregosa e de vegetação menos farta, junto ao cinturão de rochas e ao grotão, logo adiante. Após o susto, voltara-se novamente para o sul, para a Morada. Já não a alcançou com a vista. Apesar de se deslocar para a proximidade de onde viera o rugido, apressou o passo. Neste movimento estava quando foi alcançado pela primeira flecha.

Depois, no tempo de espera e de espreita, enquanto ele esteve oculto atrás da pedra, foi vigiado pelos olhos, pelos ouvidos, pelas narinas e pelo rugido surdo da Jaguaruna. Sua atenção teve que se repartir. Por duas vezes em que a onça se aproximou, teve que se levantar, temendo parecer uma presa. Mas a onça, além de não habituada à carne humana, estava saciada. Apenas marcava sua presença em seus domínios e hostilizava o invasor. Sem saber da associação entre ela e o felino, chegou a pensar que o surgimento da onça a pudesse ter afastado dali. Porém, o movimento do felino indicou a ela o lugar onde se ocultava o inimigo comum, e as ameaças da onça ao invasor propiciaram a ela se movimentar sem ser percebida.

Muitos ciclos de luas antes, quando os dois enfrentaram a necessidade de achar um esconderijo melhor e mais próximo à água do que o mato onde ela fora encontrada, ele relutara em aceitar o Cerrito. Sabia da fama de território de onça. Mas a planura era pobre em acidentes geográficos propícios à ocultação. Ela, porém, não se preocupara com a fama do cerro. E ambos sabiam que o medo da onça ajudaria a afastar os curiosos para longe do cerro e poria sob dúvida a eventual suspeita de que alguém pudesse se homiziar ali.

Com o passar do tempo, estabelecida a morada, ela confirmaria a vizinhança da onça e, tempos depois, contaria a ele sobre isso. De início, isso gerou alguma preocupação nele. Com o tempo, compreendeu que ela conduzia com a segurança possível aquela proximidade. Mais tempo, e ele foi se dando conta de certa semelhança, certa afinidade entre elas. Começaria por compará-las; depois, passou a chamá-la, de vez em quando, de Onça ou de Jaguaruna; por fim, habituou-se ao nome, que o uso reduziu para Una. Por mais rústica que fosse a vida dele, por mais rente à natureza que fosse, as percepções e os instintos dela o surpreendiam e impressionavam. Assim, Jaguaruna, a onça negra, era uma referência justa.

Dias depois de tê-la encontrado enrolada em um couro, ele tentou saber seu nome. Ela demorou a revelar. Quando revelou, a palavra pareceu estranha a ele. Ela explicou que significava o nascer do sol, a aurora. Ele passou a usá-lo. Mas, quando a afinidade entre ela e a onça transpareceu, meio por brincadeira, meio a sério, ele passou a chamá-la Jaguaruna. Depois, Una. E o novo nome se estabeleceu como algo bom, como uma mudança, um renascimento que a vida lhe concedera. Um nome conquistado por eles. Uma aurora.

Também o nome dele seria descoberto naquele tempo. O nome antigo, talvez por influência de Dom Venâncio ou mesmo de Dona Leonor, era um nome cristão. Um nome dado com a esperança de que o passado não pesasse sobre ele. Mas quando passou a chamá-la Jaguaruna, ela, para quem o nome antigo não fazia sentido, nem era familiar, nem agradável ao ouvido, rebatizou-o Jual. Cavalo, na língua dela. Algo parecido entre o que ele percebia entre ela e a onça, ela percebia entre ele e seus potros. A dignidade, a elegância de porte e de movimentos. E havia entre eles a admiração e o assombro.

Enfim, naquele tempo, renasceram.

A TERRA PROMETIDA

A lua ainda não surgira. A chuva, que iniciara na madrugada anterior, tormentosa, prosseguira depois, mansa, até o meio da tarde, quando cedera, e uma brisa fria correu o mundo e afastou, aos poucos, as nuvens, mostrando trechos de um céu azul lavado, até que a noite caiu, íntima e fria. A lua viria mais tarde preencher os vazios negros que os flocos brancos navegantes deixavam no alto. A lua ainda não surgira, mas já era noite plena.

Os cascos da Bruxa e do Azulego pisavam as margens encharcadas do Arroio do Macaco, já pelo lado sul. O campo todo parecia empapado d'água. Haviam tomado o rumo sul, cruzado a Sanga Seca e, depois, o Arroio do Macaco. Era a fronteira mais próxima das terras de Dom Venâncio, e o trajeto mais seguro para se afastar da sede. Depois tomaram a direção leste, um pouco para o norte. Alguns dias de trote largo e estariam na Serra. Ou melhor, algumas noites. Viajariam apenas à noite até chegar à serrania.

Una nunca estivera lá nem ouvira falar da Serra dos Tapes. Jual nunca estivera lá, mas já ouvira algumas referências às cadeias de cerros que se erguiam a leste da planura. Região inóspita, rejeitada pelos donatários, que preferiam a vegetação baixa e a geografia lisa da planície, propícia às atividades de campo e gado. O relevo irregular, a cobertura de arbustos e mato baixo, as frequentes formações rochosas eram hostis ao pastoreio. O contraste com a planura de terra boa e pasto farto a condenara, até então, ao isolamento de um deserto. Um deserto de natureza farta e ausência de homens.

A terra que se prometeram.

Sete noites de marcha apressada, embora tensa e cuidadosa, e perceberam certa mudança no relevo. O amanhecer daquele dia confirmou a transformação da paisagem. Ainda que já fosse dia claro, resolveram prosseguir mais um pouco para saírem de uma vez dos domínios devassados da planura e se enfurnarem nas dobras da serra. Venceram as primeiras elevações, ainda brandas, e, umas duas horas depois, chegaram a uma beira de sanga, onde apearam.

Era uma manhã de setembro, clara e fria. A minguante ainda estava no céu, embaçada, quando Jual foi até o descampado onde havia deixado os cavalos pastando na soga e trouxe a Bruxa para o costado do acampamento. Quando haviam decidido acampar ali, Una logo saiu para tentar alguma caça nos matos e águas das redondezas. Ele desencilhou e pôs os cavalos a pastar, roçou um claro entre as árvores do costado da sanga, juntou lenha e isca para iniciar o fogo e, agora, como ela demorava, tentaria a sorte procurando alguma ponta de gado para carnear alguma rês. Não seria fácil. Os cavalos haviam emagrecido muito com a viagem e o pouco tempo de pastio. O Azulego, além de magro, vinha meio estropiado, sentindo os cascos das mãos, atrasando os últimos trechos. A Bruxa, apesar de ainda voluntariosa e firme, mostrava os ossos das costelas, o pescoço fino e um vinco entre o lombo e a garupa. Eles, Jual e Una, também haviam descaído muito. A tensão da fuga, o pouco sono vigilante, as jornadas no escuro, a escassez de comida. Por isso, haviam resolvido acampar ali por um ou dois dias para, pelo menos, amainar o cansaço e organizar o sono. Depois, viajariam de dia. Mas precisavam comer bem.

Quando ele já enfiava o pé no estribo para montar, ouviu o canto do fim-fim. Una chegava com um capincho leitão.

Passaram dois dias ali, ajustando o sono, que acabou por nunca se ajustar, pois os tempos de homizio na Morada do Cerro, as sete noites da viagem de fuga e a constante vigília que seria sua história os tornariam meio animal da noite, meio habitante da sombra, meio refugiados do dia, ambivalentes para a luz e para a sombra, tão alertas vigilantes quanto adormecidos, tão serenos na paz quanto no medo; passaram dois dias ali, comendo carne de caça, que era farta naquela mataria entremeada de pedras e cerros, e incluía algum gado matreiro e cabritos alçados; alternando, nas várzeas estreitas mas verdes, o lugar de pastio dos cavalos e os levando a beber com frequência; e, quando em algum dos altos próximos ao acampamento, espiando ao longe a enorme calota de pedra que se destacava no coração da serrania. Não podiam imaginar que, cortando aquele edifício de pedras, passasse um rio.

Depois, ao fim do terceiro dia de viagem, abrindo picadas e passos, chegaram à pedra e descobriram o rio. A largueza da vista dali do alto, que viajava sobre a serrania e, em dias muito claros, parecia insinuar as planuras do longe, o intrincado labirinto de caminhos e esconderijos que a pedraria e os matos dos Cerros do Inferno propiciavam, a hostilidade anfractuosa dos cerros e dos matos da Serra dos Tapes à aproximação dos homens e os recursos todos que o rio proporcionava indicavam que aquela era a terra que lhes cabia. A Pedra.

A PEDRA

OS PRIMEIROS TEMPOS

A cautelosa alegria da descoberta de um lugar em que pareciam seguros foi se libertando aos poucos. No início, se alternava com a apreensão, a dúvida, o medo. Poderiam estar sendo procurados, poderia haver alguma estância em algum descampado por perto, poderia haver algum povoado, poderiam haver outros habitantes esparsos. O tempo, a exploração dos arredores, o conhecimento dos caminhos, a familiaridade com os movimentos do tempo, dos bichos e das águas, a observação dos ciclos dos vegetais, das árvores e dos frutos e, por fim, o domínio dos recursos da vida foram atenuando a tensão, a dúvida e o medo. Até que, sem jamais abandonar a vigília que já os integrava, se tornaram senhores daquele recôndito do planeta.

No início viveram da caça, da pesca e da coleta de frutas, apenas. O conhecimento, a habilidade e a experiência de Una foram decisivos. Quando os cavalos recuperaram seu estado, Jual passou a fazer incursões na planura para repontar, por caminhos tortuosos e picadas que abria, pontas de gado para que se estabelecessem e reproduzissem nas várzeas e outros descampados da Serra. Quando um dos freios de ferro quebrou, teve que usar bocal de tento e improvisar um freio de pau. Mais tarde, os contatos do quilombo com carreteiros lhe dariam acesso a instrumentos que o isolamento da Pedra dificultava.

As pedras soltas que abundavam foram sendo recolhidas e, empilhadas e encaixadas umas nas outras, formaram as paredes do rancho que ele quis ter. Foi construído bem no alto, mas protegido pelas árvores em um trecho de vegetação que havia. A terra negra das baixadas misturada à areia do rio foi a argamassa que rebocou as paredes. Pedaços de taquara, galhos folhados das palmeiras que se prendiam às rochas e capim santa-fé atado em feixes constituíram o telhado. Embora tenha trabalhado na construção do rancho, Una raramente dormiria dentro dele. Apenas nas noites tormentosas. Seu hábito a fazia dormir ao relento ou sob os toldos de couro de vaca. Jual acabou por acompanhá-la quase sempre

Nos primeiros tempos, Una viveu uma fase de silêncio e reclusão. Retraiu-se. Voltou-se para si, numa gravidade enrustida que só diferia da tristeza porque foi acompanhada de uma atividade incansável, quase desesperada. Dormia pouco; carregava pedras para o rancho; subia o cerro carregando os bornais de couro cheios de areia do rio e terra das baixadas; perseguia animais, em caça, por longas distâncias; explorava o rio a pé ou com uma canoa que construíra, em busca de cardumes; e quase não comia. Chegou ao ponto de desmaiar algumas vezes.

Quando, depois de dias de ausência, voltou de uma de suas incursões pela planura, feliz por ter arrebanhado algumas éguas com potrilhos e trazido para uma das várzeas próximas, Jual deparou-se com a piora no comportamento dela. Tentou saber o que havia, mas Una estava fechada em si.

Enquanto se desencadeavam os eventos finais no Cerrito e durante a tensa e exaustiva viagem em busca da serra, a energia, a força, o ânimo de sua juventude era exaurido no tenso esforço de sobreviver. Na vigília, as atividades eram contínuas, alertas, intensas; no pouso, circunstancial e perigoso, o sono urgente caía instantâneo sobre seus corpos mal aquecidos e justapostos, como um soterramento breve, até juntarem o pouco de energia suficiente para que algum dos sentidos os despertasse alertas, alvoroçados às vezes. Nesse tempo, o contato que tinham era o dos corpos juntando calor durante o breve sono compartilhado. Mas, luas depois da chegada à Pedra, ela mantinha certo distanciamento dele, evitando a intimidade que haviam conquistado na Morada do Cerro. Passadas outras luas, a situação se manteve e, em certo momento, se agravou.

Embora tentasse passar a ela a ideia de que agora estavam seguros, embora já soubessem que na serra estavam mais protegidos do que nos bons tempos da Morada do Cerro, e embora ele mantivesse a esperança e o esforço de logo trazê-la de volta ao que era, Jual esbarrava na sistemática, silenciosa e irredutível renitência dela. Ele fazia uma tentativa e retrocedia. Esperava algum tempo e tornava a tentar. Sempre em vão.

Não sabia exatamente o que ocorrera na noite da morte Ramón. Nunca havia perguntado. Sabia que fora algo grave; a conduta dela agora parecia indicar isso. Era a única explicação que achava para a sua mudança de comportamento.

Trabalhou por demovê-la daquele autoflagelo. Quando ela, além de distante, se exauria, quase sem dormir, numa atividade frenética e incessante, ele tentou forçá-la a reduzir a atividade e a estimulá-la a comer e beber mais. A possibilidade de perdê-la já o acossava. Sua morte esvaziaria tudo de sentido. Embora não tivesse certeza da causa daquele comportamento, tratava de lhe mostrar que não importava o que tivesse acontecido, que estavam livres agora e que prosseguiriam enfrentando o que viesse. Mas seu esforço era vão. Fosse obstinação, fosse doença, ela continuava irredutível.

Após três luas de um jejum suicida e de um esforço superior às forças, numa tarde em que ele, num dos breves momentos em que a deixara sozinha para melar uma lechiguana, cujo mel sempre a agradara, Una desceu, cambaleante, pela Trilha do Sol, até a beira do rio, e, com febre, suor e dor, expulsou os restos do que não queria para seu. Então, com esforço, se arrastou até as águas que, naquela margem, corriam, brandas, sobre um banco, e submergiu o corpo estendido sobre a areia macia, ficando apenas o rosto fora d'água. A areia aconchegou o corpo, tomou-lhe a forma, engastou-o no chão profundo da serrania; a água o tateava na carícia passageira e constante da sua fluência, dissipando o sofrimento e a tristeza e desbastando os resquícios ruins do passado. Longo tempo se passou. Chegou a adormecer meio submersa. Embaixo a terra, em torno a água, acima o céu encaixado dentro dos paredões de pedra do cânion do rio.

Sonhou com a jaguaruna. Na noite anterior, enquanto caminhava para exaurir o corpo e espantar o sono, tivera a impressão de divisar o vulto da onça negra esparramada sobre uma pedra. A noite era de muitas estrelas e pouca luz. Era um felino, certamente. Poderia ser um puma. Sua vista, pela fraqueza e talvez pelas ervas que usara, estava embaçada e vacilante. Porém, pelo tamanho e o negror, parecia a jaguaruna. Ficou observando-a. Até que ela se levantou, se espreguiçou e desceu da pedra se misturando às sombras. O sonho de agora confirmava: era a Jaguaruna. A Jaguaruna a assombrava nessas ocasiões.

Quando despertou, as sombras haviam se estendido para o leste. Demorou a separar o sonho da realidade e a recuperar o que acontecera. Estava com frio. Mas se sentia mais forte. Saiu da água, distanciou-se do rio, abriu uma pequena cova na terra escura de um braço de mato que das fraldas do cerro saía campo afora, e depositou a massa disforme de carne e sangue. Cobriu com terra e encimou com cinco pedras, quatro na base e a quinta sobre elas. Voltou ao rio, banhou-se novamente e, despejada do passado, retornou cerro acima, com passo vagaroso e semblante sereno.

Jual iniciava a procurá-la. Ao vê-la, compreendeu.

Por dois ou três dias ainda teve febre. Na segunda lua, já se restabelecera totalmente. Tiveram, então, a sensação de que agora sim estavam livres para prosseguir.

UM NASCIMENTO

Foi nesse tempo que aconteceram os primeiros contatos com gente de um povoado negro situado ao sul. Meses depois, passada a desconfiança, começou o comércio e o convívio que uniria o Cerro Cortado e a Pedra.

Mais alguns ciclos de luas, quando o rancho de pedra já estava coberto e rebocado e o ventre de Una abaulava, Jual se deparou com uma intromissão de homens brancos na Serra dos Tapes, a oeste. Vigiou-os de longe, sem ser notado. Eram três. Provavelmente gaudérios, atraídos por alguma ponta de gado que estivesse nos limites entre a Serra e o Plano. Ou tivessem entrado nos matos dos Tapes. Pousaram uma noite nas primeiras dobras da serrania.

Depois retornaram para a planura.

Voltou a recolher o Azulego e a Bruxa para um rincão remoto no ventre da serrania. Temia que fossem vistos e identificados por algum intruso. Tinham pelagem muito peculiar e, mesmo quem não os conhecesse, poderia ter ouvido falar em um negro fugido em uma égua oveira. O Azulego, por sua vez, poderia ser associado à morte de Ramón, caso tivesse sido descoberta.

No segundo ano da Pedra, nasceu Yu, o primeiro. Una o recebeu sozinha. Dias antes ela baixara até as margens do rio e se estabelecera. Um couro grande no chão; um toldo de couro inclinado protegendo contra o sul; o oeste protegido pelos Cerros do Inferno; alguns pelegos; um tecido de lã rústica; uns couros de capivara e de veado bem sovados; porongos para água; alguma provisão de carne assada; e, claro, a faca bem afiada e as armas. Era um fim de primavera chuvoso. Volta e meia Jual descia ao abrigo, levando comida e o que mais julgava útil. Era recebido com atenção e uma espécie de reverência. Conversavam um pouco. Porém, depois de algum tempo era induzido a se retirar.

No fim da manhã do segundo dia, Elias, filho de Josias, chegou à Pedra, a pé, esbaforido e exausto. Quando recuperou um pouco o fôlego, contou que uma patrulha de homens brancos, talvez uns sete, se aproximava do Cerro Cortado; que, àquela hora, o lugar já deveria estar abandonado; que os povoeiros já teriam fugido para os matos e grotas das redondezas.

Após dar água e carne assada a Elias, Jual indicou onde deveria se posicionar para, sem ser visto, ter uma visão ampla do quadrante sul. Recomendou-lhe que, caso percebesse algum movimento suspeito, descesse até o rio e avisasse Una, para que, com ela, cruzassem as águas e se escondessem no lugar que ela sabia qual era.

Então, apagou o fogo, saltou em pelo em uma potranca zaina que ainda não tinha muitos galopes, desceu até a várzea onde pastava um cavalo picaço já domado, trouxe-o para a Pedra, encilhou, atou um arco nos tentos e botou a meia espalda uma aljava cheia de flechas. Como sempre, a faca grande e as boleadeiras estavam na cintura. Largou a galope para o Cerro Cortado.

A meia légua do povo, em um alto de onde se tinha alguma visão dele, observou o movimento. Entre os ranchos esparsos, homens se moviam, a pé e a cavalo. Brancos. Quer dizer, gaúchos. Alguns mestiços. Os habitantes haviam abandonado o povo. Mas, além de distante, a visão era precária e entrecortada. Prosseguiu a trote e, depois, a passo, até muito próximo. Apeou e, a pé, por um braço de mato, se aproximou a ponto de ouvir o que falavam.

Haviam capturado um jovem, Anselmo, e uma criança, Catarina. Afora essa violência, não pareciam propensos à crueldade; tampouco pareciam amigáveis. Havia alguma ameaça em seu comportamento. Faziam perguntas que Jual, de longe, não entendia. Insistiam nas perguntas que, parecia, não recebiam respostas satisfatórias. As respostas insuficientes e o medo dos interrogados os exasperava. Talvez logo subissem o grau da violência.

Pelo que conseguira compreender, estavam atrás de alguma informação, provavelmente sobre alguma pessoa. Nada indicava que procurassem negros fugidos. Fosse assim, teriam atado aqueles dois e estariam nos matos dos arredores procurando mais. Também teve certeza de que não conhecia nenhum deles e, portanto, que nenhum deles o conhecia. Descartou que estivessem atrás dele.

Sem pensar muito, sem lembrar do filho que nascia, retornou rápido até onde estava o picaço, ajustou e apertou bem os arreios. Chegou a pensar em deixar ali o arco e as flechas. Porém, por algum motivo, mudou de ideia. O motivo, primeiro, talvez fosse a falta do laço, uma ausência incompreensível na figura de um campeiro; seria um campeiro incompleto; talvez fosse, opostamente, o estranhamento que, na figura de um campeiro, um arco e flechas atado nos tentos produzisse; um campeiro e algo mais; por fim, talvez seu impulso tenha sido mesmo parecer o mais diverso possível de qualquer modelo preconcebido.

Assim, com a firmeza de quem domina seu espaço e seu ofício, com a ousadia de quem acaba de descobrir que não tem medo do que sempre temera, ereto sobre o cavalo, chapéu de pança de burro meio adernado para o lado de montar e batido para trás, para que lhe vissem bem a cara, um caiapi leve sobre os ombros, o chiripá de fralda e as armas bem aparentes na cintura, botas de garrão de potro, esporas com meio palmo de papagaio volteado, bem estrivado, ao passo contido do picaço, que pedia rédea, entrou no povoado.

Assim que o primeiro olhar o percebeu, como num efeito em cadeia, os demais foram se voltando para ele, que se aproximava devagar já sobre o platô do Cerro Cortado. Não houve palavras de aviso; o aviso foi justamente o fim das palavras. Foram se voltando para o forasteiro e se posicionando: os dois que estavam montados, encurtaram as rédeas para preparar os cavalos para o que pudesse acontecer e os voltaram para o oeste, de onde ele vinha, posicionando-se cada um de um lado do grupo; os que estavam a pé também se viraram, pernas um pouco abertas, a maioria com as mãos na cintura; o mais velho e mais branco deles, com um braço horizontal contra o abdômen e o outro apoiado nele, em posição vertical, e a mão alcançando o queixo; os dois negros, antes rodeados pelo grupo, agora desprezados, também olhavam o recém-chegado sem esconder o espanto.

A uns dez metros do grupo, parou.

"Buenas!". Um coro respondeu: "Buenas!". Os negros não falaram; sabiam que não era com eles. O sol emoldurava a figura do cavaleiro. Alguns ergueram a mão sobre os olhos para divisar melhor o seu rosto. "Apeie", disse o mais velho. "Apeie e chegue", repetiu. Jual apeou e, com o cavalo pela rédea, deu três passos e parou novamente. "Quem é o senhor?", perguntou o branco. Jual olhou para um lado, para o outro, depois, como se tivesse se distraído da pergunta, perguntou: "Em que posso ajudá-los?".

Então, o mais velho, que teria perto de quarenta anos, que assumira a fala pelo grupo e que certamente era o patrão dos demais, ou, pelo menos, o chefe deles, explicou que estavam atrás de um bandido que tinha feito uma barbaridade lá na estância; que era dono da Estância da Tuna, a umas quantas léguas dali, para o sudeste; e que tivera notícia de que um homem a cavalo fora visto nas margens da serrania, e acabaram incursionando por ali em busca do cujo.

Como se escapasse por uma fresta, a tensão foi se esvaindo. Aos poucos, mas constantemente. A descrição do procurado, que não era negro, contribuiu para serenar os ânimos.

As falas eram lentas e pausadas. Jual pensou na ordem das afirmações que faria; vacilou um pouco, mas decidiu-se. "Há alguns dias, alguém esteve acampado nas bordas dos Tapes, no sudeste". Fez uma pausa longa, e acrescentou. "Na serrania, ninguém entrou". O patrão da Estância da Tuna, Dom Aparício Guterres de

Alvear, pediu a localização de onde o homem estivera acampado. Jual pensou um pouco e respondeu. "Levo o senhor lá".

Estava agora convicto de que a firmeza e o destemor eram a melhor proteção que teria. Preferia levá-los até a borda dos Tapes para ter certeza de que sairiam dali; preferia conduzi-los à noite, para que não se orientassem nem conhecessem os caminhos da Serra; preferia, embora com algum risco, saber um pouco mais sobre eles.

Partiram logo. O sol caía. Logo era noite. Noite sem lua, muito escura. Jual os conduziu por caminhos intrincados e tortuosos, entre matos e canhadas. Evitou o topo dos cerros para impedir que se localizassem ou tivessem referências. Andaram, muitas vezes a contra rumo. Quando clareava o dia, estavam a meio caminho da borda sul da serrania. Exaustos, fizeram um alto na beira de uma sanga. Churrasquearam, deram de beber aos cavalos, os deixaram grameando um pouco em um descampado, alguns se recostaram para um sono breve. Quando o sol esquentou, encilharam e prosseguiram. No fim da tarde, acamparam para passar a noite. Estavam a uma légua da fronteira sul da serrania. Na madrugada seguinte, rumaram até as margens da planura, costearam-na para o leste por uma hora, uma hora e pouco, e Jual, entrando na primeira canhada mais funda, mostrou o ponto onde alguém estivera acampado. Sinais de fogo, capim amassado, esterco seco de cavalo. Jual garantiu que o suspeito não entrara na serrania; que havia vasculhado a região e não havia sinais da passagem de gente nos caminhos dos cerros; que os povoeiros também não tinham percebido aproximação de ninguém nem encontrado rastros.

Dom Aparício de Alvear já sabia que a vigilância e o controle sobre a região eram decisivos para o Povo Negro.

Se despediram, a patrulha tomou rumo sudeste e Jual fez cara-volta. No primeiro alto, apeou e ficou confirmando o afastamento dos forasteiros. Depois se embrenhou norte adentro numa marcha puxada. Só chegaria à Pedra no início da madrugada. Chegaria tenso, ocupado com a questão que ficara submersa nos momentos de tensão daqueles dias às voltas com os estrangeiros, mas que, de quando em quando, emergia, e puxava seu pensamento de volta à Pedra: o nascimento do filho.

Mas a viagem com a comitiva servira para confirmar as informações iniciais de Dom Aparício de Alvear e até para estabelecer certa relação entre eles. A conversa foi lenta e intermitente. Intercalada por comandos, indicações, advertências, cuidados no enfrentamento da noite, dos matos, dos cerros. Mas foi acontecendo. Confirmou-se que vieram de uma estância, Estância da Tuna, ao leste, um pouco ao sul, como Dom Aparício fez questão de explicar, porque se interessou pela experiência de domador de Jual; ficou claro que procuravam um gaúcho que cometera uma violência contra uma moça, parente ou amiga da família, não esclareceu qual violência, mas era nítido o ódio na fala escura de Dom Alvear; e, mais importante, parecia certo que não se interessavam por negros fugidos, nem pelos campos hostis da serrania.

Ainda assim, era evidente que perceberam que os habitantes do Quilombo eram negros fugidos. Talvez, quanto a Jual, não tivessem a mesma certeza. Seu comportamento criava a dúvida. Sua aproximação voluntária, sua fala impositiva, sua postura meio acintosa, quase provocadora. Mas, naquele tempo, naquelas condições, naquelas paragens, um negro sem patrão era quase certamente um foragido. Entretanto, nada foi perguntado e nada foi dito. E a planura aberta e libertária, a vastidão inconclusa do campo, o devenir das luas e dos sóis, dos ventos e das chuvas, não eram hostis a quem assumisse o risco de si e dos seus.

Assim, Dom Aparício de Alvear passaria a considerar Jual como um vizinho. Para as distâncias do pampa, moravam próximos. Umas dez, doze léguas da estância até a borda da serrania. Mas nunca soube o ponto exato em que Jual morava. Naquele intercâmbio, alguns assuntos eram evitados. Uma vez por ano, ou duas, Jual acamparia na Tuna, galopearia a potrada, auxiliaria em arreadas e rodeios, e retornaria à Serra com esporas e freios de ferro, argolas para laço, facas e instrumentos de ferro, sal, e outras utilidades difíceis de obter ou produzir na solidão intrincada dos Tapes, além de dois ou três dos potros domados, que repartiria com o povo negro.

O PRIMEIRO SOL

Encontrou a Pedra abandonada. Elias havia voltado para o Cerro Cortado no dia anterior. Se aproximara, esquivo, escondido, sem saber o que ocorrera e o que ocorria. Mas o povoado já havia retornado à normalidade.

Una tampouco estava lá.

Sem apear, desceu o Cerro Sul a cavalo mesmo, quase a galope, pelos meandros da trilha estreita, esquivando as pernas para não prensá-las contra as pedras das gargantas estreitas e sinuosas e o tórax e o rosto para não rasgá-los nas pontas de paus, galhos e espinhos.

Una descansava, ainda sonolenta, com Yu-Dioi ao lado, sobre os pelegos. Nascera na manhã anterior. As contrações haviam aumentado já na madrugada. Mas ele veio à luz apenas quando o primeiro sol fez rebrilharem as águas do Camaquã. Foi chamado Yu-Dioi, o primeiro sol.

Jual propôs que subissem para a Pedra, mas Una recusou. Queria passar ali ainda aquela noite, a primeira de Yú. Então, Jual renovou a água dos porongos e ofereceu a ela, que bebeu com calma e prazer; reavivou o fogo; tirou os pelegos dos arreios e os deixou ali; montou no picaço e subiu até a Pedra; desencilhou-o e levou até a várzea de onde o trouxera, três dias antes; subiu de volta o cerro a pé, pegou uma lança fina para flechar algum peixe no clarear do dia e desceu pela Trilha do Sol, agora às escuras; Una e Yu dormiam.

Ainda não chegavam os indícios do dia. Foi até o rio, tirou a roupa e deixou o corpo imergir estendido sobre a areia grossa do fundo raso próximo à margem. A sensação de frio que a brisa da madrugada impusera à pele nua pareceu arrefecer quando foi abraçado pelas águas carinhosas em seu suave movimento. Ouvia o murmúrio entorpecente das águas forcejando contra as pedras, contornando os caules e raízes da beira e se embalando contra a suave elevação das margens. Se recuperava dos dias de marcha quase contínua, da exaustão das noites insones, das tensões do enfrentamento aos estranhos e da ansiedade pelo filho que viria, e veio.

De onde estava, ouviu Yu resmungando em busca do seio da mãe. Quando voltou para junto deles, o filho já se acomodava novamente para dormir, na plenitude da saciedade.

Apesar da lua escura, alguma luz rebrilhava na água fugidia. Na verdade, havia um risquinho de crescente no céu do oeste. Uma lua boa para nascer.

Jual escorreu a água do corpo e se aconchegou perto deles. Dormiram por mais duas ou três horas.

Já dia claro, assando as postas dos pescados, Una foi narrando, aos poucos, o nascimento de Yu. Contou que vira a onça negra na noite anterior ao nascimento. Viera beber água. Vira de longe. Não era puma, certamente. Ficara preocupada. Jual demorava a retornar. A aparição da onça avisava de alguma desgraça próxima. Na véspera dos episódios que resultaram em morte no Cerrito, a Jaguaruna também aparecera. Agora, porém, a onça talvez tenha apenas prenunciado o bom nascimento de Yu-Dioi.

Mas houvera a invasão do Cerro Cortado.

Jual começou a contar o que ocorrera nos dias e noites anteriores. Contou devagar, com detalhes que a memória ia recuperando. Depois, confirmou a suspeita de que Elias não prevenira Una do perigo. Nem mesmo descera para abastecê-la. Mas ela não se ocupou disso. Procurou abrandá-lo. Elias era muito pequeno ainda. E estava tudo bem.

A localização do Povo Negro representava um risco a mais para o Povo e para a Pedra. Ainda que aqueles homens não representassem um perigo direto, a informação acabaria chegando a outros e outros. Mas não havia o que fazer.

Já a possibilidade de uma boa relação com a Estância da Tuna pareceu conveniente. Com algum risco, mas conveniente. Proporcionaria acesso a coisas difíceis de obter no isolamento. A colaboração de Jual, conduzindo-os ao ponto onde o fugitivo acampara, era um passo para a reciprocidade. Talvez, para alguma cumplicidade. Em nenhum momento Jual se referira à Pedra. Dom Alvear e seus peões certamente supunham que ele habitasse o povoado.

Mas Yu-Dioi havia nascido. E toda a história tomava outra dimensão. Já não era cada um, já não eram os dois em fuga por uma liberdade precária. Já não estavam sós. Uma criança muda o significado, muda a dimensão, muda o sentido de tudo. A experiência de fugitivos, agora, não lhes bastava. Era preciso o sólido em vez do fugaz; era preciso a segurança em vez do medo; era preciso a história em vez da margem.

Nem Una nem Jual pensavam assim. Mas, a seu jeito, ambos o intuíam. A postura de Jual diante dos homens brancos da planície que haviam invadido o Cerro Cortado já continha essa mudança.

Após comerem as postas de peixe com farinha, acalentados pelo sussurro das águas, exaustos ainda pelos acontecimentos dos dias anteriores, apaziguados pelo reencontro e pela conversa, acabaram por pegar no sono novamente. Quando o sol esquentou, desfizeram o acampamento e voltaram à Pedra com o novo habitante. Havia um catre de madeira e couro aguardando por ele.

Nos primeiros dias, Una se resignou a dormir dentro do rancho com o filho. Mas não demorou a voltar às atividades de antes. Quando o corpo do menino já estava firme, passou a levá-lo junto. Caçava, pescava, colhia, trançava couro, cosia, moldava barro, cozia, trançava fibras, falquejava madeira, com Yu atado ao corpo. Tudo se transformava, no seu cérebro, numa memória anterior mesmo a qualquer compreensão.

Em volteadas mais leves ou em que Jual precisasse de algum auxílio, Una também encilhava e o acompanhava. Logo Yu passou a acompanhá-los.

Com dois anos já se equilibrava sobre o lombo do cavalo; com pouco mais de três, já comandava sozinho um cavalo manso e suave de boca; com quatro, já acompanhava o pai em algumas volteadas.

Logo se tornaria um vaqueano da serrania. Como nenhum outro. Tanto acompanhava o pai, a cavalo, a mãe, a pé, quanto saía sozinho, a pé ou a cavalo, a desbravar e desvendar os segredos dos matos, das pedras e das águas. Ainda que sempre lembrado e sempre advertido pelos pais dos riscos da natureza e dos homens, experimentaria uma liberdade que nenhum deles poderia conceber. Observador e cuidadoso, conheceria os cerros e as várzeas, os caminhos e os passos, os matos inviáveis e os devassáveis, os movimentos dos animais e dos ventos, os prenúncios das chuvas e das estiagens, os movimentos do rio, das águas e das areias, as vertentes perenes e as intermitentes, as de água boa, as salobras e as turvas, e dominaria, com nítida precisão, a memória das entranhas, dos vãos, dos desvãos e dos socavões dos Cerros do Inferno e de suas transformações naturais.

Foi então que ocorreram os encontros com a onça parda. Muito pequeno, já se trajava como o pai, com bolas e faca na cintura, chapéu, caiapi, xiripá e botas de meio pé. Mas, ao contrário dele, não transitava apenas a cavalo, preferindo muitas vezes o silêncio do movimento a pé e a intimidade do chão, do contato com a terra, com a pedra, com a água. Como a mãe, quando a pé, carregava o arco a meia espalda e um feixe de flechas em uma bolsa de couro presa ao cinto; quando a cavalo, os atava nos tentos dos arreios. Assim, a cavalo e a pé, com pouca idade já teria alcançado e percorrido todas as fronteiras da serrania, incluindo a enorme várzea central e as pedrarias do norte, e descoberto, até, naquele norte longínquo, um outro povoado negro. O nascimento do irmão, três anos após, lhe daria, aos poucos, a liberdade final de que precisava para suas incursões. Ainda criança, chegava a ficar quatro ou cinco dias em peregrinações pelos Tapes.

Mas outras coisas aconteceram, também.

ESCARAMUÇAS

Numa manhã de outono, meses após o nascimento de Yu-Dioi, Jual se dirigia à Estância da Tuna para repassar uns redomões que havia galopeado cinco luas antes, quando a umidade e o vento trouxeram do oeste os alarmas dos quero-queros de uma várzea a oeste. Por cautela, retrocedeu às bordas da serrania, onde passara a noite, e aguardou oculto no alto de um dos primeiros cerros. O pasto estava encharcado da chuva densa que caíra a noite toda, mal permitindo um sono intermitente. Poncho e arreios pesavam d'água. O sol não conseguia, ainda, se impor à densa barreira de nuvens que navegavam, lentas, e só em alguns pontos uma ilha de luz clareava sobre o campo.

O cuidado se justificou. Meia hora depois, viu o piquete de cavaleiros, uns trinta a cinquenta homens, tangenciando a fronteira sul da Serra dos Tapes e se deslocando ao tranco rumo ao leste. Cada homem levava um ou dois cavalos de muda. Desencilhou a zaina, estendeu o poncho e os arreios para pegar o vento e o sol possíveis e aguardou. Só retomou a viagem quando o sol estava a pino. Até que tivesse que pender para o sul, seguiu os rastros do piquete para confirmar que não tinha ingressado nos domínios serranos. Só no dia seguinte, já com sol, e depois de observar o movimento, chegaria à estância. Pousara a duas léguas da sede.

Nos vinte dias em que permaneceu na Tuna, ouviu boatos de uma guerra por vir. Algum movimento de cavaleiros e de comitivas parecia confirmar o que se dizia.

No retorno à Pedra, passou pelo Cerro Cortado e comentou sobre as novidades. Já haviam ouvido alguma coisa sobre indícios de guerra. Chegou na Pedra com uma sensação ruim; com a premonição de que uma guerra interferiria nos movimentos do gado, dos cavalos e dos homens; com o pressentimento de que a Serra dos Tapes, porque propícia, serviria às fugas, às ocultações e às estratégias de cavaleiros, piquetes e tropas.

UMA OCORRÊNCIA

Na segunda temporada de Jual na Estância da Tuna, ocorreu uma sequência de fatos que, se não eram infrequentes na rudeza daquela vida e na bruteza daqueles homens, também não eram corriqueiras a ponto de merecerem o silêncio. E a morte sempre merece menção.

Dois peões começaram a se provocar durante a lida. Tudo teria começado num episódio comum do serviço, mas que acabou crescendo e assumindo contornos mais violentos.

Haviam derrubado um touro para curá-lo de uma bicheira na paleta. No chão, meio enforcado, o animal estava com um laço no pescoço cinchado pelo cebruno de Tião Bastos, quase um senhor, peão antigo da Tuna. Nas patas, o segundo laço era cinchado pelo cavalo mouro de Juvêncio Mota, um gaúcho que chegara à Tuna meses antes. E nas mãos, colocado quando o touro já caíra, o terceiro laço era cinchado pelo cavalo branco melado de Atílio Ortega, peão maduro que falava o portunhol de sons fechados de quem se criou sob o castelhano. Por fim, havia Cândido Gomes, um peão jovem que trabalhava na Tuna desde quase criança e que deveria curar o ferimento do touro.

De longe, enquanto exercitava um dos redomões, um rosilho cara branca, e ajudava a segurar o rodeio, Jual observava aquela função. Era um touro salino pesado, tido por ligeiro e perigoso. Touro daqueles, se dizia, se guasqueia na anca e se acerta nas aspas.

Na ponta de seus laços, os três cavaleiros posicionavam-se nos vértices de um triângulo em cujo centro estava o touro deitado de prancha: o do laço do pescoço, Tião, puxava no correr da linha do lombo do touro, um pouco para cima; o do laço das mãos, Atílio, puxava de forma que os membros dianteiros ficassem para a frente, oblíquos em relação à linha do lombo e formando um vê com o laço do pescoço; e o do laço das patas, Juvêncio, puxava em contraposição aos outros dois, mas quase em linha com o laço do pescoço.

Candinho apeou do lobuno e teve que chegar no touro por baixo, entre mãos e patas, pois a bicheira era próxima ao sovaco do animal. Limpou-a dos vermes e aplicou o unguento.

Se ouvia de longe a trabalhosa respiração do animal, meio enforcado. Assim que tinha que ser: se os laços não estivessem bem estirados, o animal se debateria tentando levantar. O laço no pescoço tinha não só o papel de puxar para aquele lado, mas também o de desenganá-lo de outras intenções. Às vezes a falta de ar o fazia perder os sentidos. Mas nada era seguro na lida com um animal daquele porte e daquela índole. Especialmente o momento de soltá-lo.

Candinho contornou o corpanzil ofegante para tentar afrouxar o laço do pescoço. Os laços das mãos e patas sairiam por si, bastando que os cavaleiros os afrouxassem. Ao se levantar e caminhar, o touro se desvencilharia deles. O laço do pescoço não; esse teria que ser retirado. Então, enquanto os outros estiravam bem os laços, Tião Bastos aproximou um pouco o cebruno para que Candinho afrouxasse a laçada e a retirasse por sobre a aspa que estava no ar e o focinho. A outra aspa estava cravada no chão. Arrochada contra o couro do pescoço, ainda que liberado o laço pelo cavaleiro, a laçada não cedia. Candinho teve que meter a ponta da bainha da faca entre a argola do laço e o couro para separá-los e poder enfiar os dedos ali e puxar. Os olhos do touro, meio revirados, pareciam procurá-lo. Finalmente conseguiu fazer o laço correr na argola. Aí foi rápido. Tinha que ser. Abriu a laçada, tirou por cima da aspa e a puxou por baixo do focinho, contra a grama, para não ter risco de enganchar de novo.

Nisso, aliviado do enforcamento, o touro imediatamente bufou, cabeceou e tentou se erguer.

Candinho já corria para o lobuno e os companheiros, por farra, gritavam: te apura que vai touro! De fato, Atílio já afrouxara o laço das mãos e o touro se levantava. O laço do pescoço havia ficado no chão. O natural do touro seria tomar o rumo do rodeio. Apenas o laço das patas ainda estava estirado. Desnecessariamente. O touro se levantara e já avançava para o rodeio, mas ainda meio embaraçado pelo laço nas patas. Acontece que, quando Candinho chegara meio apressado no lobuno pelo lado de montar, o cavalo se assustou um pouco e se movimentou para o lado do touro. Juvêncio, com o laço meio frouxo mas ainda pegado às patas do touro, fez um movimento também em direção ao rodeio. Assim, o lobuno acabou por ficar entre o cavalo de Juvêncio e o touro, que se movimentavam, paralelos, no mesmo sentido. Tudo muito rápido. E Candinho, que mal alçara a perna e atentava para o movimento do touro, foi surpreendido quando o cavalo se encolheu, tocado nas patas pelo seio do laço.

Depois de estremecer, o lobuno saltou e se prendeu a velhaquear. No salto, o laço de Juvêncio acabou entrando entre as mãos e as patas do cavalo. Candinho conseguiu se ajustar nos arreios e, quando achou os estribos, deixou o corpo pender um pouco para trás e passou a dar uns mangaços nas paletas do lobuno, divertido e pachola. Os companheiros também se divertiam, apoiando o ginete com ditos e gritos. Tião Bastos, porém, que já recolhia o próprio laço, movimentou o cebruno, ágil, e pronto estava próximo a Candinho para qualquer eventualidade. Em vez de soltar definitivamente o laço para que escapasse, Juvêncio deixou-o estirar de novo, dando um golpe no touro e no ventre do lobuno. Pior: acabou escapando de uma das patas do touro e cerrando na outra. Agora já não se soltaria tão fácil. Ao ver o estrupício que se armava, o laço cruzando por baixo do cavalo, o cavalo corcoveando, o laço preso à pata do touro e à cincha do picaço, o enleio e rodada certos, Tião Bastos, já de faca em punho, gritou a Juvêncio que desapresilhasse o laço. Estava implícito que Tião cortaria a corda caso o outro não a soltasse. Então Juvêncio soltou a presilha que prende o laço à argola do cinchão.

Os gritos e a farra continuaram. Candinho ainda deixou o lobuno corcovear mais um pouco. Depois o levantou na rédea e o acalmou. O touro, que seguira a trote para o rodeio, já estava no meio das outras reses. A lida prosseguiu.

No retorno, ao fim da lida, e no mate da tardinha, comentou-se a gauchada. O susto, o aperto, o enleio, a gineteada e o bom desfecho. Poderia ter acontecido um estrupício. Relembrar esses episódios era a diversão dos campeiros. Mas Juvêncio não participou muito dos comentários, nem pareceu se divertir. Sabia que tinha se havido mal. A ameaça de cortar o laço, feita por Tião Bastos, deixara nítida a sua imperícia ou má intenção. Mas enfrentar Tião, um campeiro maduro, experiente e respeitado, seria difícil.

Talvez Juvêncio tenha ficado constrangido pelo próprio erro, involuntário; talvez tenha agido intencionalmente e não esperasse que Candinho se saísse tão bem da enrascada; talvez, ao ver os outros rindo, e Candinho junto, se sentisse humilhado. Todos sabiam que

Juvêncio se houvera mal com o laço; que deveria ter movimentado o cavalo mouro e afastado o seio do laço do lobuno; que poderia ter desapresilhado logo o laço, e nada teria acontecido. Mas não se pensava que tivesse feito de propósito. Havia casos em que, por brejeirada, se expunha um companheiro a uma situação difícil. Mas o caso, ali, fora diferente. Enleios com touro e laço ficavam adiante de uma brincadeira de parceiros de serviço. Em verdade, se pensou que tivesse sido um descuido ou imperícia de Juvêncio. Qualquer das possibilidades o ofendia. Mas ninguém achou, de início, que agira por vontade e por provocação.

A sequência dos fatos, porém, mostraria o contrário. Uma implicância que não se sabia de onde saíra, e que parece ter aumentado com a desenvoltura e a serenidade de Candinho no sair do aperto, agora levava a provocações frequentes. Ditos ingênuos e comuns nas brincadeiras e provocações da vida campeira, como "aperte quem não sabe pealar", "falando em burro, te olhei", "não faltou cavalo, faltou é ginete", quando muito repetidos e direcionados, vão construindo a hostilidade. Se acompanhados de gestos agressivos, como empurrar demasiadamente as reses que estão conduzindo contra o companheiro para dificultar-lhe o trabalho, ou rebolear o relho muito próximo do outro e dar mangaços na anca do seu cavalo, não deixam dúvida da seriedade grosseira da provocação. E assim foi. Candinho, não atacava; tampouco afrouxava.

Todos sabiam do desfecho daquilo. O capataz chegou a conversar com Dom Alvear. Decidiram despachar Juvêncio. Mas a decisão demorou uns dias a ser posta em execução. Nesse meio tempo, Candinho cometeu um erro.

Naquela semana, havia ocorrido rodeios longe das casas da estância e envolvendo gado mal costeado e perigoso. Lida pesada. No sábado de tardinha, a peonada fez uma churrasqueada sob um arvoredo adiante do galpão. Em reconhecimento ao trabalho, o patrão liberara alguma cachaça de aperitivo e um doce de abóbora para depois da carne com farinha. Talvez pela tensão das últimas semanas, Candinho frequentava bastante o borrachão de aguardente. Talvez julgasse que ali, no meio de todos, não precisasse ficar atento. Juvêncio percebeu, e aguardou. Quando começaram a cortar a carne, Candinho já dava mostras de movimentos inseguros e equilíbrio precário. Em vez de comer acocorado, sentou-se no chão. Não chegaria ao postre.

Numa daquelas, Juvêncio passou rente a ele, deu-lhe um encontrão que o derrubou. Enquanto Candinho levantava, com a faca na mão, pois ainda estava comendo, Juvêncio, como se tivesse sido afrontado, sacou a faca da cintura e, sem dizer palavra, se posicionou para a peleia. Não por acaso, no braço esquerdo tinha um pala leve enrolado. As breves negaças não deixavam dúvida sobre o desfecho. Candinho Gomes mal parava em pé. Deu uma punhalada no vazio, na altura na barriga do outro. E recebeu a lâmina da faca no pescoço. No mesmo movimento que fizera para o golpe, já caiu, se esvaindo e estrebuchando.

Um silêncio pesado se estabeleceu na noite. Nada foi dito. O capataz não estava. Três peões carregaram o corpo até uma mesa que havia no galpão. Juvêncio se retirou. Deve ter pousado em algum capão da volta. No dia seguinte, cedo, encilhou seu cavalo e se foi. Só no dia seguinte o capataz soube o que houvera.

Jual, que também bebera alguns goles, acompanhou tudo, embora estivesse um pouco distante. Sabia do pouco valor da vida naquelas circunstâncias. Mas soube o quanto era estreita a divisa entre vida e morte; soube que o passo se abriria, repentino e breve; e soube que a justiça não era condição para a passagem. Mas experimentou o asco pelo prevalecimento, às vezes confundido com coragem. Aprendeu que o álcool, se aumenta a coragem, aumenta o risco. Aliás, já tinha em si, porque criado naquele sistema sulino, que qualquer inconsciência, como o sono, qualquer fraqueza, como a desatenção, era já uma aproximação da morte. A vida não dá garantias. E o bem nem sempre vence.

Partiu no dia seguinte. Embuçalou seus redomões, ganhos em paga além de uma arroba de sal, e tomou o rumo da Pedra. Mas o destino não faz acordos.

O ENCONTRO

Aos raios verticais do sol, a sombra da zaina já estava sob o próprio corpo, mas Jual prosseguia a trote, decidido a só parar no fim da tarde, para o pouso. De madrugada, havia churrasqueado bem. Pretendia, na segunda noite da viagem, já pousar nas elevações da Serra dos Tapes. Imerso nos conturbados pensamentos que os fatos recentes traziam, foi surpreendido por um grito. Logo distinguiu o homem que saía da sombra das árvores de um costado de sanga e acenava para ele. Era Juvêncio. Contrariado, se aproximou resolvido a prosseguir viagem imediatamente. Alegou que havia decidido não churrasquear àquela hora, que a fome era pouca e que precisava fazer umas quantas léguas ainda. O outro contrapôs que o assado estava pronto. Era apear e comer. Teve que aceitar. Mas nem desencilhou; apenas afrouxou os arreios e tirou o freio da zaina.

Não fez questão de se mostrar simpático. Ou não conseguiu. Juvêncio, tampouco. A aparente hospitalidade do convite e da insistência logo se transformou. Talvez em reação ao silêncio de Jual. Mas não só.

Reservado no trato com os demais e pelas próprias tarefas que lhe cabiam, Jual se mantivera sempre meio distante. O fato de ser negro talvez contribuísse. Ocorre que Candinho, talvez pela idade, talvez pela admiração, talvez simplesmente pela ordem do capataz, era o peão que estivera mais próximo dele. Auxiliara-o algumas vezes na lida com os potros. Era firme nos arreios, e Dom Aparício recomendara que observasse o manejo e o exercício que Jual dava aos potros.

Já de Juvêncio mantivera distância. Naturalmente, como dos outros. Certa ocasião, ainda na primeira estada na Tuna, ouvira Juvêncio dizer a outro peão, com ironia: "Não sabia que negro montava a cavalo". Ouvira de longe. Não pareceu que tivesse dito para que ouvisse. Agora já suspeitava que sim. Mas é claro que esse tipo de ironia não era incomum naquele ambiente.

Agora churrasqueavam juntos, frente a frente.

De início se estabeleceu certo silêncio. Após, Juvêncio foi soltando perguntas esparsas que, no começo, transpareciam interesse sobre o outro e seu ofício. Onde havia aprendido a lidar com cavalos, com quantos galopes enfrenava, se quebrava o queixo só no braço ou se usava a cincha, entre outras. Mas, logo as perguntas tomaram um tom depreciativo, que se iniciou justo pela afirmativa de que negros não eram cavaleiros e que estranhava que ele fosse. Perguntou, então, como Jual viera parar ali e onde havia se criado. A resposta foi seca: viera a cavalo. Aí, Juvêncio perguntou onde Jual vivia agora. Um gesto vago com a cabeça foi a resposta. E o outro arrematou, dizendo que o pessoal da Tuna disse que Jual se escondia nos Tapes.

Jual termina de mastigar o pedaço de carne que tem na mão. Não olha para o outro. O asco da noite anterior volta, turbulento, bombeando a corrente sanguínea. Mas sabe que precisa controlar a raiva. Com umas folhas secas do chão, limpa a faca dos resquícios de sangue e gordura. Mas a faca não retorna à bainha. Fica na mão do homem. Jual sabe que a dignidade de homem livre, naqueles descampados, exige desassombro e firmeza. Então, olhando para o lado, como se estivesse distraído, observa: "Eu não tou borracho, Seu Juvêncio". E, aí, o encara. Juvêncio sustenta o olhar, mas não se move. A aparente serenidade, a aparente firmeza, a aparente segurança de Jual pesam. Para se manter livre e dono de seu destino, aquele negro já devia ter enfrentado alguns confrontos. Nada indicava que fosse uma cria de volta das casas, mas dos acasos da vastidão. Por certo já teria se provado no ferro branco.

Juvêncio olha para o assado, faz um gesto breve com a mão e diz: "Coma mais um pouco, Seu Jual". Jual recusa dizendo que já basta. Se levanta, diz um "passar bem, Seu Juvêncio", vai até os cavalos, ajusta o alforje com sal em um dos cavalos novos, aperta os arreios e põe o freio na égua zaina, monta e segue seu caminho. Adiante, meia tarde, após cruzar uma várzea grande, estaciona em um capão e bombeia o longe. Aguarda por um bom tempo. Nada de anormal, parece. Um lote de nhandus pasta tranquilo; no outro quadrante, um joão-grande, ereto, parece pensativo. Então prossegue. Uma légua adiante, no alto de uma coxilha, para novamente, observa o longe e se assegura de que não há riscos.

APARIÇÕES

A chegada do inverno, com seus dias curtos, com suas friagens, com suas garoas, com seus fogões e com seus silêncios, pareceu arrefecer os boatos e as ocupações de guerra. Foi um inverno feliz. Yu-Dioi se desenvolvia, forte e precoce; havia já bons lotes de reses que pastavam nas várzeas da serrania, com carne farta para a Pedra e para o Cerro Cortado; a tropilha de Jual já contava com onze cavalos mansos, e havia, próximo aos Cerros do Inferno, um potreiro natural, limitado por pedrarias, matos e cercas de taquaras atadas, onde, num canto, fizera uma mangueira que facilitava o volteio e a pega dos cavalos. Assim, afora os eventos e desafios naturais da vida rústica da serrania, o inverno se desenrolava tranquilo, presidido por uma rotina que parecia afirmar que a vida estava segura.

Numa ocasião, porém, aconteceu algo que, até então, não acontecera. Ou, se acontecera, não fora notado.

Era pleno julho. Jual cruzara a pé para o outro lado do rio pela Pedra de Baixo, como passariam a chamar a pedra do pulo, um passo suspenso que ficava mais para o leste, porque rio abaixo, em distinção à Pedra de Cima, a oeste. Havia também, entre elas, a Pedra do Meio; mas, muito perigosa, era evitada. Eram passos suspensos pelos quais se saltava das pedras de um lado para as do outro lado do rio, em um plano bem acima das águas, em pontos de temerária aproximação entre os Cerros do Inferno. Dali, subira ao ponto mais alto do Cerro Norte. Queria confirmar a existência e saber a extensão da pradaria que, de alguns pontos do Cerro Sul, parecia existir ao norte.

E confirmou. Uma várzea enorme de pastagens baixas, cortada por cursos d'água margeados de vegetação mediana, cercada, o quanto podia ver, por todos os lados, pelos Tapes. Uma calmaria pampa no tempestuoso mar da serrania. Não via reses na vastidão plana. As cadeias de cerros que contornavam a várzea ainda não haviam sido vencidas pelo gado alçado. Mas, no coração da Serra dos Tapes, protegido pela serrania, a pouca distância da Pedra, parecia estar ali o ambiente perfeito para receber e apascentar um fartíssimo rebanho de reses e cavalos, suficiente para manter, com sobras, a Pedra e o Povo Negro. A tarefa agora seria abrir os caminhos e passos para levar os animais até lá e para, de lá, trazê-los até a Pedra e o povoado. Havia dois rios a serem cruzados; ou, mais adiante, ao leste, onde aqueles se uniam, um rio de maior porte. Ainda assim, a pradaria era promissora e sua descoberta o deixou muito feliz.

Porém, essa felicidade logo sofreria uma perturbação. Primeiro, era apenas um ponto sobre a várzea distante. Um ponto de uma tonalidade mais escura, talvez amarronzada, em meio ao campo. Poderia ser uma rocha, uma árvore seca ou queimada, uma árvore de folhas num tom escuro, ou, ainda, apenas um trecho breve em que, por algum motivo, a terra estivesse aparente. A vista mal o alcançava para que o pudesse distinguir. Ocorre que, quando já se movimentava para deixar o posto no alto do Cerro Norte, num último vistaço, Jual teve a impressão de que o ponto escuro havia se deslocado. Reposicionou-se e se deteve a observá-lo. Sim, se movia. Do noroeste para o sudeste. Se aproximava dele. Em alguns momentos, o perdia de vista atrás das elevações do terreno. Pareceu definir o rumo para o nascente. Numa das reaparições, distinguiu já não um ponto, mas três. Mais algum tempo de aproximação e definiu: três cavaleiros. O sol ainda não havia tocado o horizonte quando os cavaleiros saíram definitivamente da vista de Jual, se embrenhando no mato dos cerros ao leste da várzea.

A noite foi insone. Apenas Yu-Dioi dormiu dentro do rancho de pedra.

Una raramente dormia ali. Dizia preferir o horizonte. Abrir, de quando em quando, os olhos e ver a noite; acompanhar, pelas sombras, o trajeto da lua; ouvir os sons do campo e das águas; os pios das aves e as vozes dos bichos notívagos; sentir o cheiro da manhã que se avizinha. Não conseguia renunciar à vastidão do mundo.

Entre paredes se sentia contida e insegura. Foi a custo que aceitou que Yu dormisse no rancho. Sempre com a promessa de que, quando maior, se integraria à noite. Isso realmente veio a acontecer. Com o nascimento do filho, sim, e até que ele crescesse um pouco, Una frequentou bastante o interior da casa. Também é verdade que trabalhou, e muito, na sua construção, ainda que o rancho sugerisse uma imobilidade que contrariava sua natureza. Mas o fez levada pela convicção de Jual. Para ele, a casa significava a conquista da liberdade. Já para Una, assumiria apenas a condição de símbolo de um território onde ainda podia viver. De epicentro desse território. Desde onde partia e para onde retornava.

Jual foi conhecendo aos poucos a mentalidade agreste e livre da mulher. Sem serem seus, o espaço e o tempo lhe pertenciam; como se fosse algo casual, do espaço colhia a vida, como se fosse algo fundamental, do tempo colhia a liberdade. Jual acabou por abandonar o abrigo e se juntar a ela; abdicou do rancho para comungar do tempo e do espaço indefinidos. Em noites tempestuosas ou muito frias, sim, recorriam ao rancho. No mais, era a brisa, eram os aromas, era o páramo, eram os sons do silêncio.

Jual e Una passaram juntos aquela noite. Entre eles e a terra nua ficavam uma esteira de haste de caraguatá, um couro de rês e os pelegos; acima deles, algumas copas de árvores e as estrelas de uma noite sem nuvens e sem lua. Durante o largo intervalo entre a partida do sol poente e a chegada do nascente, um sono frágil foi intercalado pela comunhão dos corpos. Comunhão, nas primeiras vezes, áspera, voraz, violenta até; nas últimas, suave, cultivada, lenta. Comunhão que desaguava na exaustão e no sono; sono que mal chegava e era suplantado pelas turbulências do desejo restabelecido; desejo primitivo, arfante, gutural, noite adentro, num confronto de corpos e gemidos; gemidos que planavam sobre as pedras, rolavam cerro abaixo, se espraiavam no canal do rio e nas várzeas próximas e seguiam até se exaurirem no silêncio da noite silenciosa.

Antes que o dia estivesse bem claro, porém, Jual já estava a cavalo para tentar localizar a rota e o destino dos três cavaleiros que haviam cruzado a várzea. Em vão. Não localizou o rastro deles. Mas vasculhou por mais de légua as margens e areias do rio onde teriam que cruzar para se aproximar da Pedra e do Povo Negro. Nada encontrou. O provável é que tenham rumado para o leste.

Mas, afora esse evento, o inverno transcorria sem intercorrências.

Mas, numa madrugada de garoa, já no fim da estação, Una foi alertada pela presença da Jaguaruna. Estava na volta do fogo, protegida pelos toldos de couro. Yu brincava próximo. Ela cozinhava mandioca e abóbora em vasilhas de barro. Já sob o lusco-fusco do clarear do dia, teve, primeiro, a sensação de estar sendo observada; depois, um sobressalto atraiu seu olhar para o norte, para a superfície côncava da rocha mais alta do Cerro Sul. A silhueta escura ainda demorou um pouco a sair de trás de uns ramos de arbustos da margem da pedra e se definir completamente contra a linha do horizonte. O negror compacto do corpo do felino contra a noite esbranquiçada pela garoa e atenuada pelo dia que chegava silencioso. Sobre a enorme calota de pedra, o suave e misterioso vulto deslizou, lento, parou em meio ao trajeto, olhou para o norte, para o sul, para Una, e, por fim, prosseguiu com serena indiferença, até desaparecer no declínio da abóbada da rocha.

Não comentou com Jual. Apenas perguntou o que ele faria naquela manhã e recomendou cuidado. Ela sabia que algo estava por acontecer. Talvez já estivesse acontecendo. Quando ele se preparava para descer até a Várzea dos Cavalos, ela insistiu para que não se afastasse muito. Depois pediu que voltasse ao meio-dia para comerem juntos. Ele não estranhou o cuidado. E pareceu assentir.

Os augúrios não demoraram a se confirmar.

O ASSALTO

Talvez as circunstâncias do tráfico internacional de negros tenha contribuído. O movimento abolicionista inglês, a proibição do tráfico pela Inglaterra e o apresamento de barcos abarrotados de negros pelos navios ingleses. Os barcos de variadas nacionalidades cujas economias e lucros eram irrigados a sangue africano haviam passado a ser perseguidos e aprisionados por navios de guerra e corsários ingleses, que, é claro, também tinham sua recompensa por isso, quando não optavam por simplesmente vender a carga em outros portos. A ética nunca navegou nesses mares. Circunstâncias internas talvez também tenham contribuído. O fato é que houve certa redução da oferta de mão de obra negra que movia as charqueadas. Por consequência, se acirrou a recaptura de negros fugidos, ou dos que não conseguissem demonstrar com veemência sua alforria.

Daí a aparição da Jaguaruna.

Dois dias antes, na fria manhã de fins de agosto, uma patrulha de onze homens brancos, cinco cachorros e um negro entrara na serrania. Orientada pelo negro, a patrulha procurava o quilombo. O negro vinha de mãos atadas, tinha um inchaço que o impedia de ver com o olho direito e, nas costas, sob o pano tosco da camisa, ainda ardiam os lanhos e os sulcos e os lábios das feridas traçadas pelo longo arreador de cabo de madeira, corpo de couro trançado que afinava aos poucos, até terminar em um tento comprido. Sem arreios, apenas sobre um couro, montava um cavalo melado puxado pelo cabresto por um dos brancos.

Mais de ano antes, por desavenças e brigas, havia deixado o Cerro Cortado e acabara por se ajustar de posteiro em uma estância léguas ao leste. Num rancho mal construído, no limite dos campos, vivia sozinho, marcando a posse das terras. Talvez ao se ajustar com o patrão para se estabelecer ali, talvez em algumas das vezes em que bebera com peões na sede da estância, tenha referido de onde viera.

A patrulha de preadores de negros o localizou. As circunstâncias e as informações indicavam que era negro fugido. As sevícias acabaram por confirmar a existência de um reduto de negros na Serra.

Na expectativa de serem percebidos com antecedência, tentou protelar o caminho, conduzindo a patrulha por vaus difíceis e trabalhosos, por matos intrincados e por diversos vaivéns e digressões. Isso valeu alguns mangaços que lhe reacenderam as costas. Porém, obrigou a patrulha a fazer um segundo pouso dentro da serrania. Naquela noite, a movimentação de homens, cavalos e cachorros já à distância de uma légua do povoado acabou por ser percebida. A umidade e a brisa contribuíram para propagar os sons. Lenta, no início da madrugada, a garoa viera, fazendo chegar ao Cerro sons distantes, mas nítidos, incomuns na serrania. A mesma garoa que, mais ao norte, na Pedra, seria o pano de fundo para a passagem prenunciadora da Jaguaruna.

Uns latidos distantes, na madrugada, alertaram alguns dos poveiros. Três batedores partiram em direção aos sons. Antes do clarear do dia, um deles retornou com a notícia de homens acampados ao sul. Imediata, silenciosa e apressadamente começou a evacuação do povoado para os esconderijos das redondezas. Quando a patrulha chegou, já dia claro, encontrou os ranchos abandonados. Mas estava claro que a desocupação era recentíssima.

Durante os dois dias em que permaneceram no Quilombo, a vasculha nos matos, canhadas e grotas das redondezas acabou por levar à captura de treze negros, entre crianças, mulheres e homens. Na manhã do terceiro dia, com uma fieira de negros atados uns aos outros, após saquearem o que podia ser carregado, queimarem o que podia ser queimado e destruírem o que podia ser destruído, partiram de volta, rumo ao sudeste.

Mas não iriam muito longe.

A BOCA DO FUNIL

O Cerro Feio era mesmo um cerro feio. Erguia-se algumas léguas a sudeste. Alto, íngreme, não em rocha firme, mas em pedras soltas, mal coberto de vassouras vermelhas, difícil para o caminhante e até para as alimárias. Ao lado dele se erguia o outro, o Cerro Colorado, que, embora um pouco menos áspero, não diferia muito do Feio. Também coberto de vassouras vermelhas, talvez devesse o nome ao tom avermelhado que as folhas da vassoura assumiam em certa época, talvez ao tom das pedras aparentes em certas partes do repecho. Entre eles havia uma canhada por onde passava, embora exíguo, o melhor e mais curto caminho para o sul da serrania naquele quadrante. Também por ali passava um curso d'água sem nome que, ainda que fraco e intermitente no verão, agora no inverno era bem suficiente para saciar homens e cavalos. Se poderia chamar Sanga do Funil.

Na tarde do primeiro dia da marcha de retorno, a comitiva acampara bem ali, na Boca do Funil que dava para a Canhada dos Morros. Haviam baixado do platô que precedia a canhada. Protegida do sul, do leste e do oeste pelos cerros e do norte pela elevada do platô, a Boca do Funil era um recanto quase confortável naquele inverno. A garoa cessara, mas o vento frio, às vezes do sul, às vezes do oeste, fustigava a vegetação e as pedras, extraindo uivos eventuais ao embocar na Canhada dos Morros. E o vento é um cúmplice casual de quem não quer ser escutado.

Os cavalos, depois de beberem na sanga, ficaram no plano, uns presos aos laços, pastando, outros presos pelo cabresto a alguma árvore, e dois soltos apenas com o buçal. Só um gateado cabos negros ficou no acampamento, de piqueteiro, para alguma eventualidade. Os negros saciaram a sede na sanga, aplacaram a fome com alguma carne que lhes foi alcançada e, depois, se amontoaram para dormir quase na boca da Canhada. Em torno deles, saciados, os cachorros, a certa distância, para que avisassem em caso de tentativa de fuga.

AS PRIMEIRAS DECISÕES

No dia em que a Jaguaruna desfilara sobre a calota do Cerro Sul, já de tardinha, Una e Jual tomavam, por um canudo de taquara furada, um chá de folhas grossas em uma cuia. Logo comeriam. Entre um gole e outro, segurando a cuia, Una observou: "Vi a onça negra". Nada mais foi dito. Ficou a dúvida. Aguardariam atentos.

No dia seguinte, o presságio se confirmaria.

No fim da manhã, Arcanjo, Manuel e Catarina chegaram à Pedra. Primeiro chegou Manuel, dezoito anos, da primeira geração nascida no Cerro Cortado. Viera correndo. A ansiedade e a respiração ofegante dificultaram que explicasse a Una o que ocorria. Jual não estava. Depois chegaram Catarina, sete anos, e Arcanjo, um dos fundadores, um dos sete primeiros.

Enquanto aguardavam a chegada de Jual, Una lhes alcançou água em um porongo grande, de pescoço comprido, e farinha de mandioca em uma cabaça. Pegavam com as mãos a farinha e depois bebiam água por cima. Estavam famintos. Logo que chegaram e que ficou clara a urgência desesperada da situação, Una foi até a beira oeste do Cerro Sul e emitiu com a boca e as mãos um chamado semelhante ao pio trinado da corujinha-do-mato. Umas cinco ou seis vezes repetiu, em intervalos compassados, o aviso. Depois voltou para perto dos refugiados.

Jual não demorou a chegar. Não desencilhara na Várzea dos Cavalos, como sempre fazia. O presságio da onça e o pio da coruja exigiam que estivesse pronto. Subiu o cerro no cavalo encilhado.

Cientes do que era possível saber até aquele momento, sempre vigilantes a qualquer indício que viesse do sul, comendo carne assada com farinha, discutiram ansiosamente o que fazer. Não havia muito tempo para pensar. Concluíram que enfrentar os brancos, que, em duplas ou ternos, vasculhavam os matos atrás de negros naquele instante, além de perigoso e imprevisível, geraria retaliações contra os negros já aprisionados. Acharam que, por enquanto, o certo era observar o que ocorria; era localizar e afastar para lugar seguro os homiziados nos matos e nas grotas; era reunir o maior número deles para articular uma tentativa de reação. Mas isso teria que ser quando o inimigo estivesse completamente certo da inofensividade daqueles negros fugidos. Essa suposta inofensividade era uma vantagem que tinham.

Aliás, alguns realmente vacilavam. Isso ficaria claro nas decisões que tomariam nos dias seguintes. Receavam insurgir-se. Temiam reagir. Anos de liberdade, neles, não haviam apagado o medo. O hábito da dignidade ainda não se havia incorporado totalmente. Una, porém, a insubmissa, não deixaria margem à complacência. Com breves intervenções e perguntas, faria prevalecer a ideia de que o inimigo tinha que ser desenganado; que a reação tinha que ser incondicional; que o preço da liberdade poderia ser a vida, de uns ou de outros. Depois, como se fosse uma estrategista, proporia o lugar, o momento e a forma do enfrentamento. E assumiria tarefas decisivas. Jual, Anselmo e alguns jovens também concorreriam para a definição da estratégia, mas Una, a mais convicta, parecia ter passado a vida se preparando para aquele momento. Enquanto tomavam as decisões, como se a ajudasse a pensar, trazia a mão na lateral do rosto, como se afagasse a orelha que não tinha.

Em certo momento da conversa houve um silêncio tenso, e atentaram para o sul. Instantes longos e ouviram, ainda longe, o pio do fim-fim. Ainda assim, se protegeram, prontos para qualquer enfrentamento. O fim-fim foi se aproximando. Surgiram Madalena, Anselmo e Tibério. Este, quase um menino.

Sempre fora reforçada a orientação de que, caso a Pedra fosse atacada, não se deveria fugir para o Cerro; caso o Cerro fosse atacado, não se fugiria para a Pedra. Mas o medo ou o desespero haviam posto de lado aquela combinação de tempos de paz. Claro que, sempre que possível, deveriam avisar em caso de ataque. Porém, agora, em meio à desordem da fuga, o risco de conduzirem os agressores até a Pedra aumentava.

Decidiram rápido. Una juntaria, organizaria e afiaria as armas que houvesse na Pedra e prepararia o maior número de flechas que pudesse. Catarina ficaria na Pedra, com Una. Madalena e Tibério vigiariam o caminho entre o Quilombo e a Pedra, tanto para avisarem em caso de aproximação do inimigo quanto para orientarem os fugitivos a não se dirigirem à Pedra, mas para o ponto de fuga. Arcanjo, Anselmo e Manuel, armados com o que dispunham para caso de confronto, tentariam encontrar povoeiros escondidos nos matos e grotas para reuni-los. Jual se aproximaria do povoado para observar o que acontecia lá. Como ponto de fuga para velhos e crianças, definiram a Esquina D'Água, a confluência do Arroio das Palmas com o Camaquã: deveriam caminhar rumo oeste até o Arroio das Palmas e, depois, por dentro d'água, rumo norte, até o encontro com o rio. O ponto de encontro dos outros seria o Cerro Médio: um cerro contornado pelas águas, quase uma ilha, o Nó do Rio, ao leste do Cerro Cortado.

Assim foi decidido e assim se tratou de fazer.

UM FATO INCOMUM

Acontece que, à meia tarde, o Capitão Pedro Caravaca, comandante da patrulha, deu por encerradas as buscas, satisfeito com o número de negros apreendidos. No dia seguinte empreenderiam viagem de volta. Assim, na medida em que as duplas e ternos de cavaleiros retornavam das buscas pelos arredores, iam sendo desmobilizados e envolvidos nos preparativos para a viagem.

Um fato estranho, porém, se sobrepôs aos planos do Capitão Caravaca. Naquela aparente normalidade, um inesperado acidente ocorreu. Nada que alterasse muito o desenrolar já definido, mas que, sem dúvida, causou alguma surpresa.

Um dos preadores, um dos mais jovens da patrulha, talvez o menos experiente, chegou, a galope, espavorido. De forma confusa, mal conseguiu contar que seu parceiro de buscas estava morto, e que não conseguira trazer o corpo porque seu cavalo se assustava com o cadáver; que a mula antes montada pelo morto havia desaparecido;

e que havia marcas de dentes no pescoço do defunto. Mais calmo, acrescentou que haviam se separado para se reencontrarem adiante; que ouviu grunhidos e o barulho de cascos em atropelo; e que, quando conseguiu chegar ao local, lá estava o corpo emborcado e inerte.

    Três outros homens foram destacados para o acompanharem, para trazerem o corpo e para investigarem o que tinha acontecido. Demoraram um pouco a localizar o corpo e mais um pouco a encontrar a mula, que pastava bem adiante, com os arreios sujos de galharia e uma das rédeas rebentada. Na anca, tinha os lanhos paralelos e nítidos das garras de um felino. Em um claro, um pouco antes do ponto onde fora encontrado o corpo, a grama revolvida indicava o lugar do breve embate. Havia os vincos dos cascos em pânico cravados com força no chão, havia os sulcos dos resvalões na grama úmida e havia o amarfanhado do pasto, como se corpos tivessem caído ali e sido arrastados. Talvez, puxada involuntariamente pela mão do cavaleiro atacado e sob o impacto do susto e do peso do felino, a mula tenha caído; talvez apenas o homem tenha sido arrancado de cima do animal, caído junto com o felino, tenha se debatido e depois arrastado por um trecho; talvez, por fim, algumas daquelas marcas possam ter sido feitas até pelas negadas do cavalo do parceiro do morto, enquanto tentava erguer o defunto sobre ele. Já o corpo fora deixado quase intacto. Havia apenas as marcas dos dentes no posterior do pescoço. No mais, poucas lesões; só onde a onça agarrara na imobilização do corpo talvez já morto. A faca continuava na bainha. Não houvera tempo para nada.

    Por que a onça atacara? Nem estava acuada nem parecia ter fome. Um ataque que não se explicava. A morte era incompreensível. Mas a natureza tem suas razões. E o homem não é a razão da natureza.

O MORTO

Leôncio Ferreira, o Muleiro. Viera do norte, ainda guri, acompanhando tropeiros de mulas. Depois de algumas viagens, já quase adulto, resolvera ficar no sul. Numa das madrugadas, na Lagoa Vermelha, em vez de prosseguir com a tropa para o norte, enveredou para o sul, se apropriando dos arreios e de duas mulas mansas. Quase foi morto por um magote de kaingangs nas matarias da descida da serra, mas, com sorte e com destreza, conseguiu fugir. Ali deixou seu primeiro morto. Na fuga, perdeu uma das mulas. Ressurgiria luas depois, muito magro, nas proximidades da vila à margem do Rio Pardo, onde conseguiu se ajustar de peão em uma estância próxima. Viveria alguns anos ali em relativa paz. Conhecido por Muleiro, pelo hábito de encilhar e a habilidade em amansar mulas. Em um prostíbulo dos arrabaldes da vila, uma divergência encorajada pelo álcool o levou a malferir dois oponentes e a prosseguir sua jornada para o sul. Meses depois, já na vila mais sulina do Império, em novo embate, acabaria preso. Trabalhava em uma estância a algumas léguas dali. Mas, ao contrário dos outros, criaturas do silêncio e da solidão, não aguentava muito tempo longe da vila. Naquele fim de tarde, se engraçara em uma negra que vendia doces na rua. Encostou nela e tentava convencê-la a um encontro. Ela não se mostrava muito contrariada. Porém, o alferes de milícia Patrício Duarte, seu dono, sim. Ao surpreendê-los, repreendeu a escrava, despachou-a para casa e encarou Leôncio. Mas, como estava sozinho e o Muleiro não se apequenou, a coisa ficou em rosnados e ameaças, até que pareceu se dissipar. Ocorre que, mais tarde, enquanto Leôncio, com pouco dinheiro, bebia cachaça e tentava convencer uma das mulheres a ceder seus préstimos de graça em um prostíbulo dos arrabaldes, Patrício, que às vezes fazia a ronda para se beneficiar de sua autoridade, percebeu a presença do insolente.

Fingindo que não o percebera, se retirou da casa e logo mandou um guri convocar dois ou três meganhas para ajudar na captura de um desordeiro. Leôncio, apesar de já bem mamado, também tinha percebido a chegada do outro. Mas como Patrício saíra logo depois, não deu importância ao caso. Quando a china com quem negociava se referiu ao outro como o alferes, Leôncio se deu conta do que poderia estar ocorrendo. Desistiu de tentar a sorte ali, pagou a cachaça barata que bebera e se apressou até a mula que o esperava nos fundos. Apertou os arreios, colocou o freio e, quando buscava a volta para montar, já chegavam dois milicianos e o alferes. A voz de prisão não teve qualquer efeito. Os dois milicianos, um de cada lado, tentaram agarrar a rédea para sujeitar o animal. Leôncio, então, já bem enforquilhado, cravou as esporas no sovaco da mula, que não era lá muito mansa. Convidada, ela deu um bufo e um salto para a frente, cravando as mãos no chão. Com esse movimento, os dois milicianos, um de cada lado, foram puxados para junto do pescoço e do encontro da mula, que logo se ergueu atirando as mãos para cima e despachando os dois, um para cada lado. Leôncio, aí, ergueu a mula na rédea, controlou-a, e largou a galope, ainda dando uma pechada no alferes que tentou se interpor. Ficaram os três, alferes e milicianos, se erguendo e recompondo, enquanto ouviam os cascos da mula sobre o chão fofo. Entretanto, a sorte de Leôncio Ferreira mudaria. No clarear do dia, foi encontrado dormindo, ainda muito bêbado, em um capão das proximidades. A mula, decerto mal atada, se desprendera e pastava perto, chamando a atenção da patrulha que o procurava. Uma lua depois, na cadeia da vila, seria convidado pelo Capitão Caravaca para integrar a comitiva de caça a negros. O próprio Patrício Duarte, que não era de guardar rancores, o havia indicado. Enfadado da prisão, Leôncio Ferreira julgou-se afortunado, primeiro, por sair daquela caixa de pedra úmida e recuperar os horizontes largos e, segundo, pela, que a princípio lhe pareceu interessante e nova, tarefa de capturar negros. Não poderia imaginar que, quatro luas depois, estaria morto. A onça, porém, o livrou dos desconfortos de uma sífilis que contraíra meses antes e não sabia.

Mas o fato não perturbava o andamento dos fatos. O corpo seria enterrado em um dos costados do platô do Cerro Cortado. A mula serviria para carregar mantimentos. A morte geraria certo temor e algum cuidado momentâneos. Depois talvez viesse a ser lembrada por algo inusitado.

A VÉSPERA

O movimento dos homens e as palavras eventuais que chegaram até o alto de seu observatório levaram Jual a concluir que a patrulha, seus cachorros e suas vítimas partiriam em breve. Provavelmente no dia seguinte. Confiante, montou a Bruxa e, a galope, baixou rumo ao Nó do Rio. Reunidos no Cerro Médio já estavam vinte e sete negros, entre adultos e jovens, incluindo cinco mulheres dispostas ao embate.

Seria uma noite cheia. Se reencontrariam bem antes de clarear o dia na Pedra do Sorro, meia légua a nordeste do Cerro Cortado.

Assim que definido o plano, Jual partiu a galope para a Pedra. Na várzea, já noite fechada, volteou dois cavalos descansados e subiu o Cerro Sul até o rancho. Una o aguardava. Comeram, descansaram um pouco e, no início da madrugada, encilharam, pegaram as armas possíveis e trotearam rumo à Pedra do Sorro. Catarina ficou tomando conta de Yu-Dioi.

Sucedendo à garoa, um vento frio e seco cortava os campos, desbastava as pedras e enrijecia as carnes quando chegaram à Pedra do Sorro. A crescente já boiava no quadrante oeste do céu. Mas, bem antes que a primeira claridade, no leste, iniciasse a detalhar as coisas, a lua já teria afundado no poente. Seria uma aliada. Iluminaria o trajeto noturno e, na véspera da luz, concederia um pouco de escuridão completa para uma maior aproximação à patrulha dos caçadores de negros.

Jual e Una, acompanhados de Anselmo, Manuel e Tibério, se posicionaram no observatório para descobrir o caminho que os brancos tomariam. E aguardaram: o corpo de negros na Pedra do Sorro, os batedores no mirante.

O sol já tangenciava as copas dos cerros quando a patrulha dos caçadores, seus cachorros e seus prisioneiros iniciou o deslocamento. Como previsto, tomaram rumo sul. A trilha que escolheriam era previsível. Pouco depois, Tibério partiu para a Pedra do Sorro para orientar o deslocamento do corpo de negros até um ponto definido, sempre num trajeto seguro e paralelo ao imaginado da patrulha.

Assim foi o dia. A fieira de negros atados uns aos outros tornava moroso o deslocamento da comitiva. Os cavalos relinchavam e bufavam; os cachorros latiam com frequência; os homens da patrulha, despreocupados, falavam alto, contavam histórias, riam. Não era difícil acompanhá-los. Jual e Una se alternavam na observação direta. A pé. O cebruno tapado e a tostada ruiva vinham, puxados por Anselmo, mais atrás, para evitar que algum ruído chegasse aos brancos. Haviam sido escolhidos por serem animais tranquilos e de pelo que se misturava na noite e se confundia nas sombras. Os emissários Tibério, Manuel e Anselmo só precisaram fazer uma comunicação; não precisaram retornar até os batedores. Quando se aproximavam do corpo de negros, imitavam alguma ave e esperavam a resposta de outra. A seriema era respondida pelo jacu; o jacu era respondido pelo quero-quero; o quero-quero era respondido pelo joão de barro; e assim por diante. O corpo de negros se descolava dividido em piquetes de cinco a sete pessoas, distantes uns dos outros uns cinquenta metros.

E assim foi até que a patrulha dos caçadores de negros acampou, naquela tarde, na Boca do Funil.

Una e Jual, então, contornaram o acampamento e subiram o Cerro Feio pela frente leste. Deixaram os cavalos próximo ao topo do Cerro e desceram a pé até um mirante que permitisse uma visão completa dos acampados e seus movimentos. Observaram as dobras e a consistência do terreno; atentaram para a vegetação e os possíveis trajetos do funil, da canhada e do plano; e fixaram bem a posição em que ficariam os homens brancos, os negros, os cães e os cavalos na geografia da noite que chegava. Porém, a noite chegou em vão. Já alta no céu, a crescente se impôs com uma claridade que, aos olhos afeitos, era um resto de dia inacabado. Jual e Una retornaram pela encosta do Cerro Feio e seguiram no mesmo rumo leste onde encontrariam o povo negro no alto que há junto ao Perau da Grota Funda.

A AFRONTA

No conselho que se formou, tudo foi discutido e tudo foi ponderado: se atacavam o acampamento, com os homens ainda a pé, durante a noite ou no clarear do dia; se atacavam durante a travessia da garganta dos cerros, posicionados nas encostas, ou se deixavam para mais adiante, talvez na noite seguinte, talvez em algum mato de sanga, mas quando a rotina da jornada talvez tivesse tornado os patrulheiros menos atentos. Em qualquer das possibilidades, a surpresa seria decisiva. Se não fossem percebidos até a hora certa do ataque, as chances de sucesso seriam muito maiores. Mas havia os cães. Dificilmente não perceberiam antes e não dariam o sinal.

E os cães foram decisivos. Em uma aproximação ao acampamento durante a madrugada, qualquer ruído ou cheiro despertaria a sua fúria e denunciariam o ataque. Durante o dia, com a comitiva em movimento, haveria o bulício das coisas, dos bichos, dos homens; mexidos e dispersos, sua agitação talvez não desse na vista; seus latidos e rosnados poderiam ser atribuídos aos inofensivos estímulos que o movimento e o dia produzem.

Apenas dois homens, na patrulha, tinham arma de fogo: o Capitão Caravaca e um seu ordenança, Gregório Borges. Caravaca tinha um mosquete e uma garrucha; Gregório, uma garrucha. A comitiva se estendia na Canhada dos Morros, às vezes sobre o leito da Sanga do Funil, às vezes na sua estreita margem, sempre ladeada pelas encostas íngremes dos cerros. Na frente, vinha Caravaca acompanhado de dois patrulheiros; depois, ladeada por três patrulheiros, vinha a fieira de negros; por fim, vinha Gregório seguido dos outros três, que puxavam os cães em sogas, para que não dispersassem, seguindo rastros de bichos, e para que não lastimassem os garrões e panturrilhas dos negros. A comitiva se estendia por setenta, cem metros. Na geografia irregular daquele intrincado caminho de curvas, declives, pedras e arbustos, nem sempre a culatra enxergava a ponta da comitiva, e vice-versa.

O sol já nascera, mas ainda demoraria a vasculhar os recônditos da Canhada dos Morros. Uma névoa tênue mas renitente se depositara desde antes do clarear do dia. Não chegava a impedir a visão, mas apagara os detalhes das coisas e transformara homens e cavalos em vultos escurecidos sobre o fundo branquicento. O vento, que cedo eram lufadas impulsionando ondas de neblina, agora cessara de todo, conferindo às coisas o peso frio da imobilidade. Naquela canhada úmida, apenas o som se movia com desenvoltura: qualquer deslize se propagava, qualquer palavra se difundia. De vez em quando, um cavalo mais voluntarioso pesava o casco contra os rípios do leito da sanguinha libertando um eco que se esgueirava entre as paredes das encostas. No mais, os homens vinham em silêncio, encolhidos em si; os cães, presos às cordas e oprimidos pela atmosfera, também se contentavam em trotear inexpressivos atrás dos cavalos; já os cavalos, os cavalos metiam os cascos com força contra as pedras, e bufavam volta e meia, desrespeitando o silêncio, e espetavam as orelhas contra a neblina, alguns, inquietos, e as moviam para trás, como se suspeitassem.

Quando o Capitão Caravaca e seus dois acompanhantes, depois de cruzarem pelo lado estreito de uma rocha grande por baixo da qual passava a sanga e que quase impedia o cruzo, infletiram um pouco para a esquerda, porque assim a canhada os obrigava, uma voz foi ouvida em toda a extensão da caravana. Não foi uma voz forte, mas pareceu forte: "Capitão! O senhor pode seguir com seus homens. Os negros ficam!". O silêncio e o espanto imobilizaram toda a comitiva. Os cães latiram lá atrás, dispersos. Sobre a perplexidade do instante, a voz meio rouca de Arcanjo novamente percorreu as paredes da canhada: "Os senhores podem seguir!". Pausa. "Os negros ficam!"

Atrás da vegetação e das pedras, bem oculto na encosta do Cerro Feio, estava ele. Na parede em frente, mais próxima do fundo da canhada, oculta entre as vassouras vermelhas, mas com boa vista do fundo da canhada e dos primeiros homens da comitiva, estava Una. Eles sabiam que era impossível dissuadir os brancos apenas com a disposição ao enfrentamento e palavras ameaçadoras. Habituados à violência e habituados à violência contra os negros, seria uma indignidade aos homens do sul ceder às ameaças, ainda mais se vindas de negros, como parecia ser.

Tanto pareceu absurda a possibilidade de que aqueles negros que correram para o mato diante de sua chegada houvessem se organizado para reagir, que, após o primeiro espanto, o que ocorreu a Caravaca foi perguntar, com algum sarcasmo: "Essa voz é de negro ou é de branco?". Na pressa do momento, chegava a cogitar que pudesse estar sendo despojado de seu botim por outra patrulha.

Arcanjo, então, descumpriu a combinação de se exporem o mínimo possível. Enquanto dizia: "Não importa se é voz de negro ou é voz de branco. Importa é que os negros ficam!", ergueu-se de trás da pedra em que se ocultava. Caravaca, impulsivamente, levou a mão ao cabo da garrucha que trazia na cintura e, resmungando um "Mas que afronta!", ergueu-a em direção a Arcanjo.

Não chegou a completar o movimento. Menos resultado da vontade do que da contração involuntária dos músculos, o disparo abriu uma tênue linha de sangue na tábua do pescoço do próprio cavalo, atingiu em cheio as pedras do chão e os chumbos ricochetearam para os lados. O cavalo, com a detonação, atirou-se para a esquerda, enquanto despejava o corpo do Capitão para a direita, sobre um trecho gramado que havia entre o curso d'água e a encosta. O estrondo ainda permaneceu por segundos se debatendo entre as paredes dos cerros, até que achou caminho canhada acima e alcançou o platô lá atrás.

Quando Caravaca movimentara o braço buscando a garrucha e, depois, buscando Arcanjo na mira, expusera o flanco direito para Una, cuja vista era nítida, cujo braço era firme e cujo arco apenas aguardava em toda a sua tensão. A flecha entrou-lhe no corpo, no alto do tórax, com um impacto tão furioso e decisivo que ele sequer soube que morria.

Enquanto o estrondo da descarga ainda ribombava, sem saberem ao certo o que ocorria, instintivamente, os cães se puseram a latir, alguns dos brancos sacaram suas adagas ou boleadeiras e os negros se agacharam. Porém, no primeiro instante, todos permaneceram onde estavam. A neblina agora parecia mais forte. Foi quando Gregório Borges, saindo do espanto, convidou seu cavalo a avançar para ver o que ocorria lá na frente. Mas esbarrou na voz de Josias: "O Capitão tá morto". Parou, vacilando. Enquanto procurava o ponto de onde saía a voz, levou a mão ao cabo da garrucha. A voz o repreendeu: "Vai morrer também". Gregório suspendeu o movimento, mas continuou procurando a voz.

Em verdade, naquele momento seria difícil atingir Gregório. Se Arcanjo e Una haviam escolhido o ponto certo para a abordagem, já Josias e Jual não tinham como saber exatamente onde estaria a retaguarda e, nela, o ordenança Gregório Borges. O certo é que Jual, embora estivesse a distância de tiro, naquele instante se movimentava para encontrar ângulo para enquadrar o alvo. Por sorte, os cães não paravam de latir, impedindo a percepção de qualquer ruído.

Nisso, afirmada pelos ponteiros e repetida pelos intermediários, chegou da vanguarda a confirmação: "Caravaca tá morto".

A notícia pesou sobre Gregório. O vazio da dúvida cresceu. O que haveria oculto naqueles cerros? Sua mão, também em dúvida, se aproximou novamente da garrucha. A voz confirmou: "Vai morrer!".

Iria. Jual subira sobre uma pedra e achara um vão entre as vassouras e uma aroeira que antes impediam a visão. Embora não tivesse, nem de perto, a habilidade de Una com o arco e flecha, estava muito perto do alvo. Dali, no mínimo, o feriria gravemente.

Mas, entre o blefe e a verdade, Gregório concluiu pela prudência. A prontidão com que a voz reagira aos seus movimentos o convenceu de que o inimigo tinha domínio da situação. A posição em que estavam, no fundo da canhada, os expunha e lhes dificultava qualquer movimento. Se o inimigo, ainda invisível, tivesse algum poder de fogo, seriam massacrados. Além disso, o Capitão estava morto. Gregório não sabia, ainda, como fora a morte. Apenas sabia de um disparo de garrucha.

A um gesto de submissão de Gregório, a voz determinou que tirasse a garrucha da cintura e atirasse para longe. Assim foi feito. Então, a voz disse que desse ordem a todos que descartassem as adagas e as boleadeiras. Gregório gritou a ordem, para que todos ouvissem. Alguns patrulheiros obedeceram logo; outros se olharam, resmungaram, vacilaram. Nisso, a voz de Arcanjo, lá na ponta, afirmou a ordem aos ponteiros e, das laterais da canhada, quatro vozes confirmaram a ordem aos intermediários. O conjunto de vozes invisíveis vindas das encostas teve seu efeito. Então, Pedro, de uma das laterais, ordenou que soltassem os prisioneiros. A voz de Pedro não era uma voz forte, nem tampouco uma voz grave. Era até um pouco estridente. Mas, àquela altura, o medo já redefinira as percepções. Não houve vacilo. Depois Pedro determinou aos negros que recolhessem todas as armas do chão. Feito isso, Arcanjo, lá da frente, deu as ordens seguintes, que eram repetidas das laterais. Todos deveriam apear para seguirem a viagem a pé; poderiam levar apenas os ponchos, os alforjes com mantimentos e facas curtas; os cavalos encilhados e a mula de Leôncio Ferreira ficavam.

Enquanto as ordens eram dadas e cumpridas, juntaram-se aos negros libertados, agora armados com as armas da patrulha, alguns negros que desceram das margens da canhada. Os comandos, porém, continuaram a ser dados das encostas ocultas.

Por fim, foram dadas as últimas ordens: que seguissem a pé, rumo ao sul; que levassem os cães; que levassem o corpo de Caravaca e só o enterrassem fora da serrania, que não era seu lugar; e que não voltassem mais, porque o perdão só valeria uma vez.

Foram escoltados. Primeiro, de perto; depois, nem tanto; até que apenas vissem, volta e meia, ao longe, negros esparsos, montados em seus cavalos ou a pé, ou Jual ou Una, em seus cavalos escuros, as fáretras a meia espalda e as pontas dos arcos oblíquos despontando para o alto.

No dia seguinte, antes que a cerração se esvanecesse, a tostada ruiva pingando suor, Una chegaria à Pedra para atender Yu-Dioi. Nos dias que seguiram, a alegria, o ânimo e a confiança tomaram conta do povo negro. Nos dias que seguiram aos dias que seguiram, a preocupação sobreviria, numa ressaca à euforia do sucesso. Era o temor a uma resposta mais organizada, mais poderosa, mais violenta dos brancos. Porém, umas quantas luas depois, a eclosão da guerra diluiria esses temores no caudal dos outros medos maiores.

O SEGUNDO SOL

A guerra transcorria fora das fronteiras da Serra dos Tapes. Ou melhor: em geral, as escaramuças e batalhas passavam de largo pela parte mais acidentada da serrania, onde ficavam a Pedra e o Cerro Cortado. As notícias chegavam. Os convites, as convocações, as ameaças, os medos chegavam. Mas os combates, os enfrentamentos e mesmo o deslocamento das tropas ocorriam longe do coração da Serra. De quando em quando, algum soldado extraviado, alguma dupla, algum terno, algum pequeno piquete e, principalmente, algum mensageiro, cortando caminho, se aproximavam do Cerro Cortado. Os povoeiros haviam se preparado para conviver com a guerra. Aumentaram a vigilância da serrania próxima, projetaram estratégias de defesa do povoado em casos de aproximação de piquetes hostis e organizaram a fuga e ocultação para quando o enfrentamento não fosse favorável. Assim, afora o caso de Selene, uma adolescente de comportamento estranho, solitário e insubmisso, que, em uma de suas ausências do povoado, fora surpreendida, violada e conduzida para acompanhar a tropa, trabalhar à força e aplacar as ânsias dos soldados, a precaução, a segurança e a postura firme e melhor armada da defesa haviam inibido, até então, ataques ao Povo Negro e a cooptação forçada de soldados e mulheres.

Mas havia o canto das sereias. Acabavam chegando ao povoado os discursos, os acenos, as promessas: o negro que lutasse seria libertado; a nova república extinguiria a escravidão e libertaria os escravos; os negros fiéis ao império seriam promovidos e mantidos nas forças regulares. Os discursos, a guerra, a movimentação dos homens parecia indicar que tudo seria afetado, vasculhado, varrido pelo conflito. A tensão aumentava, as dúvidas se multiplicavam, a segurança e o isolamento minguavam.

Duas primaveras depois do início dos combates, nasceu Sam-Dioi. Também nasceu à beira do rio. Sua chegada não foi precedida pela aparição da Jaguaruna.

Sam-Dioi, o segundo sol. Não pareceria tão ensolarado quanto o primeiro. Meio taciturno. Mas não menos habilidoso e conhecedor daqueles caminhos, daquela geografia, daquela natureza. Desenvolveria uma rusticidade e uma força descomunais. Sua circunstância, o clima, a geografia, a história, não permitiria que não fosse determinado e duro.

À diferença de Yu, que alternaria o lombo de cavalo com longas e demoradas andanças a pé entre os altos e as canhadas, entre as pedrarias e os matos, entre os costados de sangas e rios e as encostas de morros da serrania, Sam seria um centauro irredutível. Poucas vezes seria visto a pé. Seus andanças, longas ou curtas, seriam sempre em lombo de cavalo. Às vezes em pelo, às vezes encilhado. Talvez porque na primeira infância fosse visto com frequência acompanhando o irmão, talvez por parecer silencioso e fechado, talvez por lhe ter sido atribuído o hábito de transitar mais pelos costados de mato do que pelo descampado, seria conhecido entre os povoeiros como o Sombra.

Porém, embora seu pai tenha sido sua referência fundamental, Sam-Dioi, o Sombra, conviveria poucos anos com ele. A guerra exerceria uma força atrativa quase invencível sobre os homens. Se, de início, transcorrera distante do coração da serrania, aos poucos parecia se aproximar do Povo Negro e da Pedra. Um a um, povoeiros foram cedendo aos apelos, à tensão, às ameaças da guerra, e aderindo às tropas. Era a pulsão de uma guerra que não terminava, de uma guerra que assumia rotinas de perpetuação, de uma guerra que já se transformava no modo de viver. Mas precisava acabar. A tensão e o medo restringem qualquer liberdade.

Jual seria um caso à parte. Resistiu o quanto pôde; depois passou a ter intromissões mais ou menos esporádicas; por fim, incorporou.

Já tinham uma boa tropilha de cavalos de arreio, uma ponta de gado manso que parava nas várzeas próximas, umas vacas de leite e uma pequena lavoura. Yu, com seus dez anos, já caçava, pescava, coletava, pastorejava o gado, carneava, plantava e colhia, enfim, contribuía para a manutenção da vida na Pedra. Sam, com sete, já era forte o bastante, não demandava maiores cuidados e contribuía em algumas tarefas. Una estava no auge da força e da vida, sempre atenta ao tempo, aos bichos, às plantas, aos perigos. Guidaí ainda não se anunciara. Nasceria durante a ausência de Jual, em uma noite de céu limpo e brisa branda. Durante a madrugada, quando a minguante acabara de ferir o céu com seus galhos. Jual também veria essa lua em forma de cimitarra. Mas nem sonharia com a filha.

O FOGO

A VAGA

Sonharia com um tropel de cavalos. Um tropel longínguo que rapidamente se aproxima e cresce. Assustador como só os pesadelos podem ser. Ao tropel se juntam gritos de alerta e de medo. Aos gritos de alerta e de medo se somam gritos de feridos, de desespero e de morte. O desespero se converte no vulto descomunal de cavalo e cavaleiro que lhe vem em cima. Acorda. Silêncio. Abre os olhos. É uma noite de céu limpo e brisa branda. Talvez fosse uma premonição. Ouve, longe, o grasnado de jacus. Estranho. É muito cedo, noite alta ainda, para jacus gritarem. Ergue o tórax e puxa pelo ouvido. Nada. Gira o corpo e, fora da esteira de galhos, encosta o ouvido no chão. Sim. O som está no chão. Ruído de cascos de cavalos. Não era apenas sonho. Levanta-se rápido. Ou os piqueteiros estão movimentando os cavalos muito cedo ou o inimigo já vem perto. Mas o ouvido no ar ainda não alcança a percussão dos cascos no tambor do pampa: não dá para saber de que lado vem. Já outros companheiros se movimentam. Já se perguntam o que está acontecendo. Nisso, da ponta norte do acampamento que se estende no correr do mato do arroio, vem o grito. Ataque!

Como pode? Vindo do norte o inimigo teria que ter passado muito perto da comandância e do acampamento dos brancos. Mas não há tempo para perguntas ou respostas.

O alerta desesperado é repetido confusamente em toda a extensão do acampamento negro. Mas já é tarde. Aquilo que era um ruído surdo de cascos de cavalos a passo e a trote, aquilo que era o som mínimo que uma movimentação de tropa poderia ter, aquilo que a elevação do terreno era capaz de obstruir, de repente, a um sinal de ataque, se converte no rumor retumbante e inconfundível de uma carga de cavalaria. Já se distinguem na fímbria da coxilha as silhuetas negras contra o escuro da noite.

Agora é cada um por si. Cada um que decida o que fazer. Ir para o confronto inesperado ou ganhar o mato. Não há comando, não há ordem, não há tempo.

O hábito do combate leva a maioria dos homens a lançar mão do que está ao alcance, lança, adaga, facão, faca, rifles desmuniciados agarrados pelo cano, boleadeiras, paus e até pedras, e sair a campo para receber o inimigo. Mas não só o hábito do combate os faz encarar o inimigo. São negros. Só a vitória lhes permite alguma esperança. A derrota será a morte ou o jugo, e sempre a pecha de traidores do império. Alguns se embrenham no mato. Alguns vacilam, indecisos. Vão e voltam. A maioria, porém, sai para o campo, lançando gritos de guerra e de liberdade. Saem em completa desordem, uns antes, uns depois, uns procurando pelo campo algo para arremessar, uns falquejando uma ponta de taquara ou de qualquer vara mais comprida para tentar atingir cavalos e cavaleiros. Eram centauros. Agora, mutilados, sem cascos, sem pernas, sem movimento. Rentes ao chão, quase imóveis, inúteis na convulsão da batalha, são centauros mutilados. Lançados de dentro do sonho para o vórtice da guerra. Despejados do sonho, onde tinham pernas, movimento, liberdade, para dentro da batalha, onde lhes cabe morrer. A mutilação final, completa, definitiva.

Não demora nada e já se ouvem os tiros esparsos dos vanguardistas que detonam suas garruchas antes de empunharem as lanças e as espadas; não demora nada e já se ouvem os primeiros gritos dos atingidos pelos disparos, pelas lanças, pelos golpes de ferro branco, pelos encontros e patas de cavalos; não demora nada e o retumbar dos cascos e os gritos de guerra e os gritos de dor e os relinchos e os tinidos de ferro contra ferro e o uivo das cordas das boleadeiras girando e o fragor, enfim, do combate, encorpa e preenche completamente a noite de céu limpo, brisa branda e lua clara. Por baixo do estrépito, se poderia distinguir o som surdo dos golpes das lanças dos imperiais, dos encontros e cascos dos cavalos dos imperiais, das bolas das boleadeiras dos imperiais e até das botas e estrivos dos imperiais contra o peito, contra o pescoço, contra a cabeça dos negros mutilados. A violência do impacto, às vezes, sequer permite o grito, e, às vezes, sequer permite a dor.

A vaga desce a coxilha ceifando os vultos que surgem, desorganizados e esparsos. Quem não é abatido pelos tiros é procurado por dois cavalos paralelos, em cujo centro há duas pontas de lanças que a noite, o movimento e a brevidade não deixam ver. Há o instante exato em que é preciso lançar o corpo ao chão para não ser colhido pelas lanças. Aquele que consegue esquivar as lanças e escapar do impacto dos cascos e dos encontros dos cavalos, dificilmente escapará das lanças, cascos e encontros que virão em seguida. Com sorte, algum cavalo se atrapalha com o corpo do homem e roda; se não se quebrar pelo impacto, o negro poderá enfrentar com algum equilíbrio o cavaleiro caído, se este não tiver se quebrado na queda. Ainda assim, o mais frequente é que, antes mesmo de se erguer, o negro seja executado pelas lanças e espadas e bolas e patas seguintes.

Os instantes correm. A vaga já percorreu metade do trecho em que se estende o acampamento. Por acaso ou para evitar que os negros retornem ao mato, a ponta mais avançada da vanguarda vem pelo costado das primeiras árvores. Na parte baixa do acampamento, alguns dos que haviam saído para o combate, assustados pelo estrondo, pelos gritos e pelo vulto que rola coxilha abaixo, já vacilam e começam a retroceder.

Por algum motivo incompreensível, Jual não vacila nem retrocede. Por algum motivo que talvez tenha a ver com certa crença na invulnerabilidade, por algum motivo que talvez se chame orgulho, por algum motivo que talvez seja, simplesmente, o cansaço de viver a semiliberdade, Jual não vacila nem retrocede. Por algum motivo, nesse momento, Jual não lembra de Una, nem de Yu, nem de

Sam. Por algum motivo, Jual, sem pensar, mas com uma serenidade segura, sobe mais uns passos, rápido, para chegar a um lajeado que há pouco acima, no costado do repecho. Seu joelho direito, ainda meio adormecido, resiste de início. Mas não há tempo para esperar. É um lajeado de rocha plana, no correr da inclinação do colo da coxilha, mas que, no centro, tem algumas pedras que se erguem. Ele se posiciona em pé atrás dessas pedras. Não são altas: mal passam da altura do seu joelho.

Por algum motivo incompreensível, o negrinho que fora cooptado em uma estância de imperiais alguns meses antes também não vacilara nem retrocedera. Não muito mais do que uma criança, sorridente, estendera sua cama um pouco acima. Por algum motivo incompreensível, também se postara a descoberto para receber os imperiais. O negrinho, que passava fazendo perguntas e que chamavam Fanfa, também achou que o mato não era o seu lugar e se postou uns trinta metros à frente de Jual, um pouco para baixo, mais próximo do limite das árvores.

Jual um pouco veria e outro tanto imaginaria o que ocorreu e o escuro ocultou. Os dois cavaleiros vieram na direção do negrinho. Vinham um pouco distantes um do outro, detalhe que talvez o menino não tivesse experiência suficiente para perceber e avaliar. O fragor de cascos e gritos por certo contribuiu também para que ele não percebesse o uivo do ar cortado no giro da boleadeira. O cavaleiro da sua esquerda vinha em sua direção, provavelmente com a lança cruzada sobre o pescoço do cavalo; o da sua direita vinha mais aberto e um pouco atrasado. No correto instante, Fanfa deu um passo à direita para escapar do alcance da lança do que vinha mais perto, pela esquerda, confiante de que o da direita, por estar mais longe, não o atingiria. E arremessou sua lança com a força possível. Percebeu que ela encontrara o corpo do inimigo. Mas não chegou a ver quando ele adernou no arreio. A pedra da boleadeira encontrou seu rosto entre o nariz e a boca, afundou-se até próximo à nuca, esmagando o cérebro, fraturando a coluna e o arremessando metros adiante. Não percebeu sequer que morrera.

Jual, agora, já não presta atenção à sorte do negrinho. Está chegando a sua vez. Não sabe quantos, mas alguns cavaleiros vêm em sua direção. Já o perceberam. São mais de dois. Agora distingue melhor: são três. Se organizam em triângulo: dois paralelos para lançar e um terceiro mais atrás, no centro, para colher a sobra. O lajeado é de uma rocha cinza, esbranquiçada em alguns pontos, fazendo uma mancha um pouco mais clara do que o pasto. Os cavalos o pressentem antes. Os cavaleiros, porém, fixados no vulto alto que se apresenta adiante, já não atentam para onde pisam. Jual, em pé, atrás das pedras do centro do lajeado, tem na mão esquerda a sua lança de taquara de quase cinco metros de comprimento. Se recusara a se apartar dela. A base da lança está encaixada no chão, à sua esquerda, um pouco atrás, engastada em um vinco fundo da pedra, capaz de suportar o encontro de um cavalo. Mas seu alvo é o cavaleiro. Precisa abater pelo menos um na primeira cruzada. Na mão direita está o facão. A adaga aguarda na cintura.

Quando estão quase chegando na borda do lajeado, Jual se abaixa e apoia a lança no joelho esquerdo, direcionada para tangenciar o corpo do cavalo em movimento, procurando a perna ou o ventre ou o tórax do cavaleiro. Assim é.

Os cavalos vinham em carreira aberta, lançando-se para a frente. Ao se depararem com um lajeado extenso o suficiente para não poderem saltar por cima, alteram espontaneamente o equilíbrio, jogando o peso do corpo para trás, tendendo a esbarrar. Assim que sentem a quebra na inclinação do movimento, os ginetes, a golpes de espora, confirmam o comando de prosseguir a pleno, sem atentar para o risco da laje de pedra. Os cavalos cumprem.

Jual já está com boa parte do corpo atrás da pedra maior. Apenas o braço e a perna esquerdos, que sustentam a lança, estão expostos.

A PEDRA

TEMPOS DE GUERRA

A Pedra, algumas vezes, chegou muito perto de ser descoberta. Já o Povo Negro foi atacado mais de uma vez. Houve uma ocasião em que um regimento de imperiais cruzava a serrania na tentativa de se aproximar, pelo sul, da então capital da república. A capital, naquele tempo, se situava no norte da Serra dos Tapes. O regimento cruzara, na véspera, pelo Povo Negro. Detectada a aproximação com antecedência, o povoado estava deserto. A maioria dos povoeiros conseguiu fugir. Mas, no movimento da tropa, alguns foram encontrados nos matos e grotas. As mulheres foram violadas e os homens ou incorporaram ou foram mortos sob o argumento de traição e colaboração com o inimigo. Das coisas do vilarejo, tudo que pudesse ser útil foi levado. O mais foi destruído. Só não foram queimados os ranchos porque a fumaça denunciaria a posição da tropa.

O verão insinuava seus indícios sobre uma primavera chuvosa. Em alguns pontos, a Várzea dos Seibos ainda exibia um tom avermelhado da floração das corticeiras. Yu já acompanhava Jual nas longas incursões pela serrania em que repontavam gado para as várzeas entre os cerros das proximidades da Pedra e do Povo Negro. Também, e sempre, vigiavam, nesses movimentos, os limites da Serra, contra qualquer aproximação de homens brancos e de tropas. Yu, com seu pouco peso, montava a Bruxa, já égua madura. Jual encilhava a tostada ruiva. Ambos traziam cavalo de muda, pois essas lidas duravam dias e, às vezes, cansavam cavalos. Houve ocasiões em que a lua cumpriu toda uma fase antes que retornassem à Pedra.

No hábito de vigiar o longe do alto dos últimos cerros, de esquadrinhar a planura, divisaram a tropa que se aproximava. Na madrugada seguinte, confirmando que haviam entrado na Serra, Jual despachou Yu para avisar o Povo Negro e a Pedra da aproximação. Nos dias seguintes, acompanhou o movimento do grupo, que se deslocava devagar entre os cerros e a mataria. Então, na segunda tarde, enquanto a tropa preparava o acampamento para o pouso, galopeou até o Povo Negro e informou a posição exata do contingente. Depois, tornou à Pedra para os preparativos da fuga para o outro lado do rio.

No dia seguinte, o Povo Negro foi tomado. A sede estava abandonada, mas as buscas nas redondezas encontraram alguns povoeiros. O regimento ficou por dois dias estabelecido ali, desfrutando do abrigo dos ranchos e esgotando as reservas de mantimentos. No terceiro, rumou para o norte, obrigando Jual, Una, Yú e Sam a cruzarem o rio pela Pedra de Cima, um dos passos suspensos, e a se homiziarem em um socavão entre a pedraria do oeste do Cerro Norte. Durante cinco dias ficaram ali, até que o perigo passasse. No terceiro desses dias, a tropa cruzou o rio em um ponto bem abaixo, onde era mais espraiado, menos profundo, menos correntoso. A Pedra não fora devassada. A força desviara os Cerros do Inferno e entrara na cunha sudeste da Várzea dos Seibos, a enorme planura que havia no centro da serrania. Dali, desviando o avermelhado da flor dos mulungus, onde o banhado era profundo, marchou sempre rente aos cerros do leste para evitar as atalaias do norte. Dias depois, atacariam a sede do governo dos revoltosos. Yu e Jual, do alto do Cerro Norte, assistiram ao vagaroso distanciamento de homens e cavalos: de início, nítido emaranhado de criaturas em movimento coincidindo no tempo e no espaço; depois, massa movente, indistinta e fervilhante como o magma deletério de uma bicheira em desenvolvimento.

Tampouco as eventuais incursões das forças rebeladas na serrania foram compassivas ou brandas com o povo negro. Quando a ideia de que os negros voluntários lutariam pela própria liberdade não era suficiente para engajá-los espontaneamente, o bem comum e a liberdade da nova república justificavam a conscrição compulsória. As mulheres negras também eram recrutadas. As tropas precisavam de mulheres; os homens precisavam de mulheres; e havia poucas mulheres no sul. Além disso, o sul estava em guerra. A vida e a liberdade dos brancos, agora, eram precárias. O que dizer da vida e da liberdade dos negros?

A PARTIDA

Eram muitos anos de uma guerra indefinida. A Pedra se mantinha indescoberta, intacta ainda, apesar dos momentos em que se agravaram o risco, a tensão e o medo. Já o Povo Negro não era sequer um arremedo do que fora. Perdera muita gente. Entre engajamentos voluntários ou forçados e raptos, quase só restaram velhos e crianças. A vida, que vicejara, parecia, agora, sem vigor, sem ânimo, sem alegria. A tristeza das coisas era evidente. Parecia que em breve a natureza recuperaria o que perdera para os ranchos, para os caminhos, para as gentes.

Yu e Sam já não davam cuidado e contribuíam bastante para a vigilância e o abastecimento da Pedra. Jual concluiu que não havia mais como protelar o que não queria fazer. A guerra mostrara que a liberdade que haviam conquistado era menor e mais frágil do que pareceu de início. Muitos já se arriscavam e outros já haviam morrido, naquele momento, no exercício da ilusão de assegurar a liberdade e melhorar a vida.

Quando chegaram as primeiras águas do outono, Jual partiu. Ainda noite, a neblina densa da madrugada dava um tom de sigilosa clandestinidade aos movimentos. O embate entre o escuro da noite e a brancura da névoa fazia a sensação de que os corpos se deslocavam no ar, fazia cada passo parecer uma temeridade, fazia a certeza de que já não havia certezas. Mas Jual e seus cavalos conheciam demasiadamente aqueles caminhos. Não havia como vacilar. E já não havia pretextos para demoras.

Do seu posto embaixo do toldo, junto ao fogo, Una observou os movimentos vagos: o vulto que ajustava o poncho sobre o ombro para montar; o movimento ao lado do cavalo e a ascensão que compôs o centauro; depois, a imersão dos vultos na névoa: o centauro emponchado e o cavalo de muda puxado pelo cabresto; depois, a noite nevoenta, só. Na véspera, havia ajudado Jual nos poucos preparativos para a partida. Na madrugada, porém, nada mais havia a fazer. Apenas observou o homem partir.

Os meninos dormiam. Jual partiu como se partisse para um dia de lida. Uma lida que demoraria uns quantos dias. Não houve despedidas. Talvez houvesse a crença de que as despedidas trariam mau agouro.

Uma égua moura calçada e um cavalo rosilho gateado foram os escolhidos para a guerra. Eram cavalos novos, bons dentes, engordavam fácil, fortes para as pechadas, ágeis para os entreveros. A égua moura e o cavalo rosilho compunham, com Jual, os dois vultos naquela madrugada: o centauro e o cavalo de muda. Os vultos que mergulharam na névoa e se esvaneceram.

O dia foi clareando aos poucos, como se nada de anormal acontecesse debaixo do céu. Rumo ao sul, os vultos foram esquivando os matos, evitando os cerros, penetrando os passos e as picadas. Quando o oriente indiciou a luz, algumas poucas aves arriscaram movimentos e pios no invisível da umidade branquicenta. Os vultos que, menos do que vultos, pareciam o próprio movimento da noite embaçada de partículas d'água planando, agora já eram formas vagas contra o branco denso da neblina que ficara. Mas só a meia manhã, o sol, esmaecendo a cerração, tocou os corpos quentes dos cavalos. Uma brisa, meio sulina, meio ocidental, auxiliara a repontar as migalhas d'água que pairavam. O corpo do homem, com a naturalidade de quem fizera isso a vida toda, se harmonizava aos movimentos compassados do trote. Com destreza e completude, o corpo do homem vivia o presente. Já os pensamentos, os pensamentos estavam ausentes. Ignoravam o agora. Transitavam entre o passado e o por vir.

No alto da Pedra, a claridade chegara antes. Aos seus indícios, Una dera por prontos uns pedaços de lombo de um novilho carneado na véspera. Chamou os guris para comerem. Cortavam nacos de carne e temperavam na cinza fina que havia em uma cumbuca, recolhida e peneirada. O sal escasseara; as lavourinhas ficaram difíceis de manter; as ervas, nem sempre havia. A guerra os fizera voltar ao primitivo. A cinza quebrava um pouco o adocicado da carne. As outras partes da rês ficariam ao fogo, assando devagar. Bem assadas, se conservariam por mais tempo.

Jual comera algumas tiras da carne ainda meio crua na madrugada. Desbastara um pedaço do quarto sapecado pelo fogo. A cinza lhe trouxera reminiscências dos tempos difíceis da Morada do Cerro e da Pedra primitiva. A mesma carne e a mesma cinza que Una e os meninos comeriam por dias. Nos alforjes, botara carne para dia e meio ou dois. Temperaria com o suor do cavalo. Depois, teria que dar um jeito. Eles também.

Cinco dias depois, bem ao sul, cavalos mais magros, homem mais resignado, entravam em um acampamento dos revoltosos. Bem ao sul, nas planuras do Jaguarão, onde o castelhano e o português se misturavam e ainda não se definira a divisa entre o Continente e a República Oriental. No cair da tarde límpida de outono, ao adentrarem no acampamento, os dois cavalos e o homem não causariam qualquer estranheza, não fosse um tempo em que já poucos voluntários chegavam àqueles exércitos e não carregasse o homem, sendo negro, um arco e uma aljava de couro com flechas presos aos arreios.

Mas não houve olhares irônicos nem cochichos depreciativos à figura que chegava. Apenas esporádicos gestos de cabeça e alguns "buenas!" em saudação ao forasteiro. Aquela cena já acontecera.

O FOGO

A PRIMEIRA CENA

Em verdade, para Jual a guerra começara quando ele e Yu assistiram à tropa dos imperiais, após cruzar o rio, se esparramar pelo costado da Várzea dos Seibos em seu movimento para o norte. A imagem lhe perturbou o sono naquela noite. Sabia que os imperiais atacariam a vila ao norte da serrania onde estava a sede dos republicanos. Sabia que estes haviam prometido, e concedido já, em alguns casos, liberdade aos negros que lutassem. Havia o passado e notícias reiteradas de que os imperiais se opunham à libertação dos negros. Não tinha dúvida de que a vitória dos republicanos significaria um futuro melhor para ele e para os filhos.

Una foi acordada no meio da noite. Conversaram brevemente. Quando a crescente estava se pondo, Jual cruzou o rio, de volta, pela pedra suspensa. Acercou-se, com cautela, do rancho de pedra. Tudo estava como haviam deixado. Baixou até a Várzea dos Cavalos. Deixava sempre um cavalo pego, em um piquete cercado por varas. Antes do clarear do dia, já troteava rumo ao norte. Cruzaria os três braços do rio a ocidente dos Cerros do Inferno, baixaria pelo labirinto de cerros e matos até desembocar no centro da Várzea dos Seibos. Cruzaria pelo coração da várzea. A distância, as corticeiras e o pasto alto impediriam que fosse visto pelo corpo dos imperiais, que se deslocava na fronteira leste do plano.

Já na entrada da vila, após a subida da serrania na margem norte da várzea, Jual foi interceptado pela guarda republicana. Conduzido à comandância, negociou a liberdade de deixar a tropa quando quisesse em troca da informação que trazia. Embora não tivesse nada a perder, o chefe da força de proteção da capital resistiu. Talvez por estratégia, se mostrou cético, algo irônico até, sobre a possibilidade de alguma informação que não fosse conhecida e que fosse realmente importante. Não cria que aquele negro pudesse trazer alguma notícia nova que afetasse de fato a segurança da capital. A vila era considerada inexpugnável. Porém, mudou de expressão quando, cedendo um pouco, Jual disse que aceitava participar do combate. Algo surpreso, o Chefe da Força quis saber a que combate se referia. Jual, então, exigiu a confirmação de que suas condições seriam respeitadas. Foi lavrado um breve termo, assinado pelo Chefe da Força, que dava livre conduto entre as forças republicanas a Jual da Pedra.

Revelada a aproximação dos imperiais pelo sudeste, uma contida apreensão se estabeleceu na comandância. Foram imediatamente designados sete patrulheiros para acompanharem Jual e confirmarem a aproximação do inimigo. Já era noite quando retornaram com a confirmação. O inimigo estava muito próximo. Os movimentos de preparação da defesa se iniciaram já durante a noite. O ataque era iminente. Foi o batismo de fogo de Jual.

A capital resistiu. A fama de irredutível não.

Dias depois de findo o sítio que as forças imperiais impuseram à então capital republicana, Jual retornou à Pedra e à sua vida. Mas já não seria a mesma vida. O tempo na vila e o convívio com os demais combatentes lhe mostrara uma dimensão da sua história que ainda não havia experimentado. Agora, sentia-se algo vinculado àquelas pessoas, àquela luta, àquela expectativa. Se, luas antes, na madrugada em que saíra do esconderijo do Cerro Norte para levar uma informação aos republicanos, achava que simplesmente cumpriria uma conveniência própria, agora sabia que lá estava o germe de alguma emoção que, com a estada entre o exército republicano na vila, crescera e o vinculara.

Sentia, por certo, mas, com certeza também, não conscientizava com clareza a grande contradição que vivia. Ao negociar com o comando republicano, ao obter garantias de livre trânsito, ao alcançar respeito, afirmara definitivamente sua liberdade. Todavia, de então em diante, se sentiria vinculado àqueles homens, àquela causa, àquela luta.

Assim que, antes desta última despedida, antes desta partida na madrugada nevoenta de outono, houvera outras. Quando chegavam notícias da posição de tropas republicanas e da iminência de confrontos, Jual adelgaçava seus cavalos, arreglava suas armas, vestia o poncho que obtivera justo por ocasião da defesa da vila, e partia, no coração da madrugada, como se saísse para uma lida mais pesada e mais longa. Da defesa da vila até esta última partida, participara de muitas refregas e de batalhas maiores, o que lhe valera, até aquele momento, algumas cicatrizes, algumas lesões mal curadas, e uma espécie de imunidade ao medo, além de um impulso quase inebriante à carga e ao confronto. Impulso que ele percebia em si, e que silenciava. Impulso que poderia ser apenas o estímulo que o perigo produz; impulso que decorreria, talvez, da mera autorização para matar; impulso que poderia ser, ainda, a simples vontade de eliminar quem se opunha à sua liberdade irrestrita.

Após algumas luas, voltava à Pedra. Homem e cavalos mais magros. Os cavalos nem sempre voltavam. O homem vinha silencioso, de início. Depois, como por necessidade, relatava alguns episódios a Una. Ela ouvia, silenciosa. Não entendia o motivo da intromissão naquela guerra; não compartilhava da esperança dele; não via diferença entre os lados que combatiam; e nem acreditava em boas intenções dos brancos. Mas não se opunha à sua decisão nem ao seu comportamento.

É difícil compreender por que esta partida parecera mais triste do que as outras. Talvez porque já pairasse a dúvida sobre o sucesso do levante; talvez porque a liberdade, ou a esperança de liberdade, parecesse, agora, mais remota; talvez porque ele, por fim, intimamente, tivesse decidido se incorporar às tropas até que a guerra chegasse ao fim, como se esse fim dependesse dele. O certo é que pesava uma tristeza naquela madrugada em que partira. Uma tristeza não do passado nem do presente. Uma tristeza que olhava para o futuro.

FORASTEIROS

Alguns ciclos de luas depois ocorreu um episódio que poderia parecer pouco significante na história da Pedra, mas que, se passando na serrania dos Tapes, teria relação com a história do fogo.

Primavera madura, Jual ausente havia meses, Yu se esforçava, com dedicação e cuidado, para executar as tarefas cumpridas antes pelo pai. Às vezes, quando necessário, Una o auxiliava; outras vezes, quando desnecessário, levava Sam, que gostava, que acompanhava, que aprendia e, até, que auxiliava. Desta vez, porém, Yu estava sozinho.

Fazia uns dois dias que partira da Pedra. Vasculhava a serrania a nordeste dos Cerros do Inferno, uma região agreste e desconhecida dele. O pai havia recomendado que fizesse incursões para repontar gado para a margem sul do rio. A região era desabitada e segura. Arrebanhava lotes de gado e, aproveitando a baixa das águas pela estiagem que, naquele ano, se iniciara cedo, os fazia cruzar para o sul. Dali, mais para o fim do verão, poderiam ser conduzidos para o costado leste da Pedra, região em que havia pouco gado.

Não era a melhor época para fazer a migração do rebanho. Logo viu. Os terneiros ainda estavam pequenos e tinham dificuldade de cruzar as águas, fosse nos lagoões, que tinham que atravessar a nado, fosse nas corredeiras, onde tinham que firmar os cascos contra o fundo de pedras, às vezes fixas, às vezes soltas, e suportar a vertigem do potente lençol d'água que fugia entre suas pernas. As vacas cruzavam, mas seus terneiros vacilavam, temerosos, diante do caudal inseguro. Dando falta de seus terneiros, as vacas faziam cara-volta, num contrafluxo que confundia as que estavam atravessando, num redemoinho em meio às águas que rebrilhavam. Nesse entrevero, terneiros eram derrubados, às vezes, levados pela correnteza, submersos, e até pisoteados.

Yu já havia desistido da operação. Mas um terneiro ficara ilhado sobre umas pedras, temeroso, no meio da corredeira. A vaca cruzara as águas e, agora, berrava na outra margem. O chamado da mãe não era suficiente para encorajar o filho a meter as patas na incerta transparência das águas. Ele olhava para a margem em frente e tornava a olhar para a margem de origem. Porém, não se animava sequer a retornar, ressabiado dos tombos e mergulhões sofridos antes de ser empurrado pela correnteza contra as pedras que sobressaíam no meio do passo.

Yu já havia desistido da movimentação do gado. Aquele primeiro lote já mostrara que seria melhor esperar para quando os terneiros estivessem maiores e mais fortes. No meio do verão, quem sabe, quando as águas ainda estariam baixas. Mas um terneiro ficara ilhado no meio da corredeira. Então, apeou da égua tordilho-negra, atou-a em um sarandi, e entrou nas águas a pé, para conduzir ou carregar o terneiro até a margem contrária. A correnteza era forte ali. A vaca, uma salina aspa grande, se agitava adiante, ameaçando voltar. De pelo claro ainda indefinido, o terneiro olhava as desencorajadoras lâminas d'água movediça e emitia um berro longo, desarvorado, suplicante. A vaca, nervosa, pisoteava a água da beira, voltava a cabeça para o rio, espichava o pescoço e mugia um mugido curto, entrecortado de bufos.

Era gado alçado. Gado que não conhecia gente. O risco de ser atropelado pela vaca quando se aproximasse do terneiro era grande. Ainda assim, Yu atravessou a primeira corrente forte e conseguiu agarrar o terneiro, que atendia para a mãe. Depois, lastimando os pés no fundo pedregoso e aproveitando o desnorteio da vaca que tanto ameaçava fugir quanto ameaçava atacar, carregou o filhote pelo trecho de correnteza forte. Nisso, a vaca finalmente se decidiu e atropelou. Mas o terneiro já se movia, livre, no seu rumo, e ela desistiu da investida, cheirou sua cria e ambos trotearam pela areia grossa entremeada de rochas da margem sul do rio e subiram o barranco adiante.

Yu ainda observou os dois seres agitados, se cheirando e se reconhecendo, entrarem no mato da beira oposta do rio. Então voltou-se para retornar. Ao se voltar, porém, levou um susto. Ficou paralisado. Por instantes se perguntou o que fazer. Não sabia. Na outra margem havia três homens a cavalo.

O vento sul dera uma virada oeste e, agora, corria pelo canal do rio e fustigava a figura magra, ereta, imóvel no meio da corredeira. Via o movimento da boca dos forasteiros, mas o ruído da corredeira impedia que os ouvisse. Era alto para a idade, era magro para a altura, era forte para a magreza. Sob o chapéu de couro, aba curta e barbicacho, saíam tufos de cabelo negro, duro, que o vento mal movia; o tórax fino estava coberto por um caiapi de couro de veado, preso em cada flanco por um tento; o chiripá era de um tecido rústico e claro; o cinto de couro sustentava, na parte posterior direita, a bainha com faca e chaira de um tamanho exagerado se comparado com o do portador, trazidas, faca e chaira, por seu pai no retorno de um dos engajamentos; usava também um tirador de capivara no lado direito (era canhoto); as botas de meio pé e as esporas, pontas de galho de pitangueira falquejados, fixados pela base, por uma tira de couro, ao pé, estavam submersos. As pequenas boleadeiras que usava estavam atadas aos arreios da tordilha. O arco e o carcás com as flechas também.

Imóvel, via o movimento da boca dos cavaleiros, mas o intenso trabalho das águas contra as pedras enchia seus ouvidos, impedindo a chegada das vozes. Embora olhassem para ele, do rumoroso isolamento em que estava, a aparência era de que trocavam palavras entre si. Parecia que eles também não se decidiam sobre o que fazer. Até que um deles fez um aceno para que se aproximasse. Ante sua indecisão, repetiu, tentando dar um tom amistoso ao gesto. Yu, entretanto, tenso, não seria capaz de perceber essa sutil amistosidade do movimento. A situação, aliás, não lhe permitiria tanto: surpreendido a pé, apenas com a faca na cintura, separado das outras armas e de sua montaria por três estranhos montados, distante dois dias e cordilheiras de cerros da Pedra. Não havia o que fazer, afora enfrentar os desconhecidos.

Iniciou o movimento de retorno. A cada passo tinha que se ver com a correnteza, que tentava derrubá-lo, e com as rochas e pedras ásperas do fundo, que desequilibravam e lastimavam seus pés. Mas os olhos não saíam dos cavaleiros. Assim que cruzou a correnteza, antes mesmo de chegar à areia grossa que se seguia às rochas, parou. Os forasteiros estavam uns dez metros adiante, as patas dos cavalos afundadas no areião, metros antes dos amarilhos e da barranca onde estava a tordilha, os arreios, o pala, as flechas, as boleadeiras.

Percebendo a desconfiança ou o temor de Yu, o forasteiro repetiu o aceno para que se aproximasse mais, e, em voz alta, depois de um "buenas", acrescentou: "Estamos em paz". Como Yu, depois de uns passos, parara novamente, o homem de chapéu de feltro claro apeou e se aproximou a pé, puxando o cavalo pelo cabresto. Os outros dois, de chapéus mais escuros, também de feltro, não se moveram. Todos tinham garruchas na cintura. De uma distância de uns cinco metros, a conversa se deu.

UM TAPEJARA

Era um homem de estatura mediana, branco, calças, camisa, casaco de tecido, bota de todo pé feita por sapateiro. Também ele tinha seus cuidados. Começou perguntando pelos companheiros de Yu, que disse estar sozinho. Depois, perguntou sobre o que fazia ali, ao que Yu resmungou um "campereando". Então, o homem quis saber onde Yu morava, e obteve um gesto vago, de cabeça, para o leste, e um murmúrio de "longe daqui".

Compreendendo que não era seguro responder a mais perguntas, Yu se antecipou ao interlocutor e perguntou o que eles faziam ali. "Vamos para o sul". A tensão diminuiu um pouco. Ficaram se olhando por instantes. Então o homem perguntou se havia trilhas abertas para o sul. Yu, devagar, moveu a cabeça para cima e para baixo. Já sabia o que viria depois.

Embora soubesse o risco que representava acompanhar os forasteiros, já ouvira e acompanhara seu pai o suficiente para saber que o certo sempre era afastar os forasteiros da serrania, confirmando que eles realmente saíssem dela. De forma que respondeu positivamente às perguntas seguintes: se conhecia as trilhas e se os conduziria por elas.

Assim foi.

A tensão do convívio entre desconhecidos e potenciais inimigos foi se atenuando aos poucos. De início, os homens quiseram que as boleadeiras, arco e flechas ficassem ali. Yu argumentou que não iria sem eles, pois garantiriam sua alimentação na viagem de volta. Acabaram acordando em que os levariam, mas só entregariam a ele quando se despedissem. Porém, no segundo dia de viagem, o homem de chapéu claro, apesar de alguma contrariedade de um dos outros, lhe devolveu os instrumentos. Estavam claras a seriedade e a segurança com que Yu os conduzia. Comparadas com as que haviam enfrentado antes, o menino lhes oferecera trilhas boas, rápidas e menos ásperas para homens e cavalos.

Pelas conversas dos homens, percebeu que vinham do norte e que tiveram muitas dificuldades em cumprir o trajeto anterior, tendo se perdido e se embretado algumas vezes. Sem demonstrar interesse, Yu registrava tudo o que ouvia. No começo eles falavam pouco; depois, as conversas aumentaram; por fim, era como se ele não estivesse ali. Mas, mesmo nos últimos dias, havia frases truncadas, palavras soltas, subentendidas, omissão de nomes e de lugares. Mais de uma vez perguntaram pela presença de revoltosos na serrania. Yu negava. A serrania era um deserto.

Embora o destino e a finalidade da viagem fossem sempre omitidos, as poucas frases truncadas e palavras soltas que ouviu o levaram a concluir que iam em busca de uma força imperial estacionada léguas ao sul da Serra dos Tapes. Ficou clara a preocupação em não serem encontrados pelas forças dos revoltosos, que também estariam na região ao sul dos Tapes. Em algum momento escapou a referência a um certo Barão.

Durante os dias de viagem, mais de uma vez perguntaram onde e com quem morava. Yu fazia gestos vagos e, nas respostas curtas, misturava palavras da língua materna. Em verdade, misturava as línguas naturalmente. Dizia que era gaudério, que não tinha paradeiro. Perguntavam por pai e mãe, por índios e negros. Ele desconversava, como se tudo e todos fossem vagos. Numa daquelas um dos homens observou: "Deve ter muito índio escondido e negro aquilombado nessa mataria". Mas aqueles homens não estavam ocupados com ele nem com índios ou negros fugidos. Estavam ocupados com a guerra.

Na madrugada do quarto dia, quando se preparavam para retomar a jornada, Yu captou as falas e os gestos que retornariam, enormes na sua lembrança, quando, meses depois, chegaram notícias da guerra. Estavam muito próximo do que se poderia chamar de margem sul da Serra. O relevo já era menos dobrado e os caminhos eram menos difíceis. Naquela manhã se despediria dos homens de chapéu de feltro. Ainda era escuro. Se preparavam para comer o resto de uma rês que haviam carneado na véspera. O homem de chapéu claro se ergueu, chamou o de chapéu desabado na frente, cujo cavalo, um colorado, parecia suportar melhor a viagem, e se afastaram um pouco do fogo, para o domínio das sombras, entre as árvores.

Sem aparentar, Yu atentou para o que acontecia. Conversaram alguma coisa que não conseguiu ouvir. Ambos tiraram os casacos e as camisas. O de chapéu claro desatou uma longa faixa de tecido que tinha enrolada ao tórax e desprendeu dela alguma coisa que, para Yu, pareceu um retângulo de couro de um palmo por meio. Depois, o de chapéu claro ajudou o outro a enrolar a faixa, ajustando o envelope de couro colado junto ao corpo do de chapéu desabado. Recolocaram as camisas e os casacos, ajustaram as camisas na cintura, conversaram ainda alguma coisa e retornaram para a beira do fogo. Quando chegavam, o de chapéu claro acrescentou: "Ou lança n'água. Em sanga ou rio". Como o outro não pareceu entender, esclareceu: "Se não der para queimar...". O de chapéu desabado assentiu.

Sabiam que estavam perto da planura; sabiam que, na planura, estariam mais expostos; sabiam que havia tropas por perto.

Comeram em silêncio, acocorados. O dia estava chegando. Montaram. As nuvens ameaçavam chuva. Certo abafamento e o ar parado confirmavam. Não fossem as nuvens, já se veria o sol alto quando o acoxilhado do relevo e a diminuição dos matos deixaram claro o fim da serrania. Yu sofrenou a tordilha e largou um "bueno...". Os outros esbarraram também. O de chapéu claro perguntou: "Não quer nos levar mais adiante?". Yu: "Não conheço". Os três se entreolharam, assentiram e, um a um, estenderam a mão a Yu, agradecendo. Quando os outros dois já haviam se voltado para o sul, o de chapéu desabado ainda perguntou: "Já ouviu falar no Cerro de Porongos?". Yu balançou a cabeça para os lados. "E Bagé, para que lado fica?". Yu fez um gesto indicando o sudoeste, acrescentando: "Acho.". O outro fez um aceno de cabeça, deu de rédea e, junto com os outros, que haviam parado para aguardar o companheiro, partiram. Logo passaram do tranco ao trote.

 Aguardou que se perdessem de vista e fez cara-volta para a Pedra. Sem forçar a marcha e dando intervalos de pastoreio, pela manhã e pela tarde, para sua tordilha-negra, que havia sentido bastante os dias cheios e ininterruptos de arreio. Ele também sentia e sentiria bastante aquela passagem. O pensamento inquieto encheria sua viagem de retorno e os dias seguintes. Quem seriam aqueles homens, que papel teriam no conflito, que mensagem levavam, se indagava. Como não os pressentira, como se deixara surpreender daquela forma, se condenava. E a sensação, até então nunca experimentada, de estar submetido a eles.

A PEDRA

A LUA

Uma lua depois do retorno de Yu, nasceria Guidaí. Era uma noite de céu limpo e brisa branda. Una cumprira o mesmo ritual da véspera dos nascimentos de Yu e de Sam. Porém, a filha nascera à noite, em plena madrugada, quando um resto de minguante, imitando a lâmina fina de uma foice prateada, apontava no leste. Daí o nome Guidaí. Lua.

A jaguaruna rondara na véspera, renitente. Transitara pelos labirintos das rochas e dos matos esparsos do alto do Cerro Sul, ou posara esparramada nas calotas de pedra. Una a percebera diversas vezes. Na Pedra, porém, estavam todos seguros. Mas algo estava acontecendo.

O FOGO

O PRIMEIRO CAVALEIRO

Sem ver, pois a cabeça está abaixada atrás da pedra, Jual sente o baque na lança que se retesa. Um gemido gutural e definitivo escapa da boca do cavaleiro atingido exatamente na virilha. A taquara racha, mas interrompe o deslocamento do ginete, que, por um instante, fica no ar, pois o cavalo prossegue. Prosseguiria. O cavaleiro, travado no ar pela lança que encontra o osso do quadril, ainda está com a rédea na mão. O hábito de segurar as rédeas é quase atávico para os cavaleiros sulinos. O cavalo recebe um golpe na boca, tenta esbarrar, mas, na rocha, os cascos escapam e ele, desorganizado, desmorona atabalhoadamente, prancha e rola, parando metros adiante, atordoado.

O SEGUNDO CAVALEIRO

Enquanto isso, o cavaleiro da direita, percebendo que Jual se abaixara, ajusta a ponta da lança mais para baixo. Nisso, leva o solavanco da esbarrada do cavalo receoso de entrar no lajeado e a lança lhe pesa, baixando mais um pouco. Confirma o comando de prosseguir ao cavalo, que se joga adiante. Ao procurar o alvo que some à sua frente, a lança repica no topo da pedra escudo e corre pelas costas de Jual. Mas, meio frouxa na mão do cavaleiro e sem ângulo suficiente, não chega a penetrar no corpo. Ao sentir que o alvo lhe escapa, o segundo tenta uma inclinação maior e põe toda a sua força de cima para baixo. Porém, o corpo já estava aquém do movimento. A ponta da lança encontra o chão de rocha, se engasta em um vinco e se rompe logo atrás da ponteira.

O lajeado úmido, com depósitos de terra e folhas e alguma grama mal fixada, não é terra firme para os cascos duros dos cavalos. O cebruno-tapado escorrega, perde a aderência das duas mãos, que resvalam ao tentar atender ao comando do cavaleiro, que, tendo cruzado o alvo, quer reduzir o galope. Quase pracham. O Segundo, então, libera a boca do cavalo que se reequilibra na carreira. Cruzam o lajeado. Mas a grama do repecho, depois de tantas chuvas, também não permite manobras muito bruscas. O cavaleiro trata de dosar a rédea para esbarrar aos poucos, antes de voltar ao confronto.

O TERCEIRO CAVALEIRO

No vértice do triângulo vem o terceiro cavaleiro. Vem logo depois e direto contra Jual. Seu cavalo entra no lajeado sem vacilar. Porém, diante da pedra que se ergue ao centro, ou ele frearia um pouco a carreira para saltá-la, ou atiraria as mãos para um lado e se impulsionaria para o outro para desviar da pedra. Qualquer desses movimentos o derrubaria. Não se sabe qual ele tentou executar. Perde o chão e choca-se violentamente contra a pedra, quebrando as duas mãos e abrindo o encontro. O terceiro cavaleiro é jogado por cima da pedra e de Jual, que, na cruzada, recebe o impacto de um joelho ou pé na lateral da cabeça.

AS MORTES

Travado pela lança, o primeiro cavaleiro não ultrapassa o lajeado. É um homem claro, baixo, cabelo castanho, que agora adormece sobre a rocha com a virilha dilacerada e a artéria femoral regurgitando. Uma vertente vermelha, silenciosa e breve, que nasce discreta, na intimidade fria do escuro, escorre pela pedra e terá secado quando o sol desvendar os destroços daquela noite.

Arremessado contra o chão, atordoado pelo choque da lateral da cabeça na pedra, o terceiro cavaleiro tenta se reerguer. Não chega a ficar em pé. A pechada do cavalo deslocara a pedra central. Por instantes, ela prensara o pé esquerdo e o joelho direito de Jual. No movimento, ele conseguira fazê-la rolar um pouco para o lado de baixo. Mas, ao se defender da pedra, tivera que soltar o facão.

Agora, com a adaga em punho, já se move em direção ao vulto que tenta se levantar. O ferro penetra na lateral do tórax, exposta pelo movimento do braço que se apoia no chão, rompe uma costela e se afunda, cruzando toda a extensão do tronco até ferir o outro braço. Muito rapidamente, o braço de Jual traz a adaga de volta, dá nova estocada e, quando dá a terceira, já não encontra o corpo, que desmorona à sua frente. O golpe fica suspenso no ar.

    Esse golpe abortado pode ter lhe tomado um tempo decisivo. Já sente o resfolegar do cavalo que lhe vem de encontro; sente a potência sólida do peito do cebruno-tapado que chega; e sabe que o procura o braço armado do segundo cavaleiro. O Segundo, que conseguira, com percepção e perícia, manter o cavalo cebruno em pé ao cruzar o lajeado; o Segundo que, no pasto encharcado da encosta, tivera prudência para que o cavalo não caísse; o Segundo que agora vinha de espada em punho, alçado nos estribos, a menos de duas braças da espalda do inimigo que se desvencilhava do Terceiro.

    Ao girar o corpo, Jual já percebe que não escapará da pechada do cavalo. Supondo que a arma do cavaleiro esteja na mão direita, lança o quanto pode o corpo para a esquerda do cavalo que lhe vem em cima. Ao tempo em que a cabeça do cavalo já cruza sobre a sua, ao tempo em que já sofre o golpe dos joelhos do cavalo contra o tórax, ao tempo em que seu corpo já está sendo arremessado pelo poder dos encontros de cebruno-tapado, com a mão esquerda, a mão esquerda habituada a quebrar o queixo de potros criados, a mão esquerda forjada a cinchar pealos em potros e novilhos pesados, a mão esquerda, exercitada no arremesso do laço e das boleadeiras, com a mão esquerda Jual consegue, num gesto extremo, agarrar a presilha das rédeas junto à boca do cavalo que o atropela. O cebruno já lhe cruzava por cima quando começa a sentir o golpe nos queixos. É verdade que a pata esquerda do cavalo está sobre a ponta do pé direito do negro, e, quando o animal, esporeado pelo cavaleiro, se distende pela última vez, três dedos ficam plantados na terra úmida. Mas, lá na outra ponta, a mão inflexível já decretou o fim da carreira. O cebruno crava a cabeça no chão, roda e arremessa tudo adiante, Jual, cavaleiro e a si mesmo.

Levantam-se. O cavalo, primeiro, Jual, depois, e o segundo cavaleiro, lançado metros adiante, por último. Jual se move até ele. Não sabe por que está rengueando. Talvez nem note que está rengo. Mas sabe que há dois cavalos encilhados, o do Primeiro e o do Segundo, parados a alguns metros, ainda atordoados. O cavalo do Terceiro está quebrado sobre as pedras, bufando. Será sangrado ao clarear do dia.

O Segundo é um homem grande. Parece forte, mas pesado. Talvez lento. Está terminando de se erguer quando Jual chega. Tem um cabelo escuro e cheio, que está à mostra depois que a rodada lhe arrancou o chapéu. Enquadram-se para o ferro branco. Pelos trajes e pelos movimentos, Jual sabe que é um homem campeiro. Apesar da violência da queda, não soltara a espada. Leva a mão à cintura para desatar as boleadeiras que tem presas do lado esquerdo do cinto. Para impedi-lo, Jual apressa a investida. Só agora, nesse impulso, percebe a instabilidade no pé direito.

A MORTE

O Segundo rechaça a estocada com um golpe de sabre que quase alcança o punho de Jual. Porém, como precisa do braço esquerdo para o equilíbrio e movimento do corpo e até para eventual defesa, desiste por ora de pegar as boleadeiras. Já notou que o inimigo tem alguma dificuldade de movimento. Jual, sentindo a dificuldade da perna direita, troca a adaga de mão e avança a perna esquerda. Todo o movimento é instintivo, automático. A atenção está toda no adversário.

A testa do pelotão de ataque já passara e agora descia coxilha abaixo, devastando, ao encalço do comando do acampamento negro. Esse brevíssimo intervalo entre a frente e a segunda onda, que virá, conferindo as mortes e matando os mortos vivos, produz, neste instante, uma espécie de silêncio entre as duas vagas. Soa distante, já, o tropel da testa que cruzou, e é remoto, ainda, o da onda seguinte. Mas é um silêncio tenso; um silêncio que sabe ser passageiro; um silêncio que precede o ruído.

Nesse instante, retardatária, a minguante aponta uma de suas guampas no horizonte. É alguma luz que chega.

Mas a segunda carga também se aproxima. Rápida.

O duelo segue, equilibrado. Mas a dificuldade de movimento e a diferença das armas exigem muita concentração de Jual. Numa estocada rapidíssima, consegue alcançar as costelas do oponente, mas é um corte raso. O Segundo, que de início tentava definir logo o embate, passa a um jogo de cautela e paciência. Sabe que o tempo corre em seu favor. Sabe que sua arma, bem usada, impedirá a aproximação do outro; sabe que o negro está com dificuldade de equilíbrio e de movimentos; e sabe que o oponente sabe que precisa definir logo o duelo e que terá que se expor. Porque a segunda carga está vindo.

As estocadas prosseguem, cansativas e inócuas. Um jogo tenso e sem graça. Num dos encontros dos ferros, o Segundo consegue correr o sabre, abrindo um talho no antebraço do negro.

O sangue corre pelo braço, pelo punho, pela mão, e chega ao cabo de osso da adaga, besuntando tudo. A empunhadura fica instável; a mão aperta mais para manter a firmeza; os músculos do antebraço bombeiam mais sangue; o sangue escorre. Jual faz um recuo maior, retorna a adaga para a mão direita e tenta limpar o cabo no chiripá. Estranha que o Segundo lhe tenha dado tanta liberdade.

É que tudo já é vão.

A segunda frente já cruza. Alguns cavaleiros passaram de largo. Agora, um lote deles percebe o duelo e investe contra o negro. A exaustão, a perda de sangue, a dificuldade do confronto já não lhe permitem perceber o que ocorre nas cercanias além do duelo.

Duas lanças lhe vêm destinadas. Ao recuar, porém, por acaso, acaba escapando do trajeto das lanças. Mas é colhido pelo baque bruto do encontro de um dos cavalos e é lançado rolando. Outros dois cavalos lhe cruzam por cima: um deles consegue saltar, mal tocando-o com as patas; o outro se atrapalha, tromba nele com as mãos e quase roda. Ainda de borco, tentando levantar, é ferido profundamente por outro imperial. A lança transfixa a omoplata, sai no peito e o derruba novamente, agora com os olhos para o céu.

No horizonte, imitando a lâmina fina de uma foice prateada, a minguante marca o fim daquele ciclo das luas. Os ciclos das luas são regulares e inevitáveis; o ciclo da vida não.

Como se fosse sua aquela presa, o cavalo que o atropelara e quase rodara retorna. Chega-lhe em cima. Desvia os cascos para não pisá-lo. Bem aperado, cordas trançadas com capricho, argolas de prata. Arreios de quem assiste ao combate da retaguarda, ou, como no caso, corre o segundo galope, para colher o que sobrou da primeira carga.

Agora, mais a imaginação do que a realidade comunica cenas ao cérebro oscilante. Os olhos alcançam imagens distantes, que talvez já sejam mais memória do que atualidade. Contra a imensidão negra do céu, e já sob um imprevisto e quase aconchegante silêncio, veem surgir um enorme, um lindo, um esvoaçante cavalo dourado. Baio ruano. Esses olhos conhecem essa estirpe de baios. Divisam agora, ainda no ar, a ponteira da lança. De ferro, com copo que encaixa na haste de bom angico. Sobem ao correr da lança, passam pela empunhadura retovada, chegam ao braço e alcançam o rosto do cavaleiro, que se ergue nos estrivos, tirando o corpo um pouco para fora dos arreios. Veem o rosto. Contra as probabilidades da ótica, da escuridão e do tempo, reconhecem o rosto.

A lança se afunda no centro do peito. Por alguns instantes, Jual fica pregado ao chão. Seus ouvidos não alcançam um "tá livre agora, negro", que a boca do cavaleiro expele. Talvez os olhos ainda tenham alcançado o esgar do rosto. Na mente, surge a imagem nítida dos filhos, da mãe, da mulher. Não está longe de casa. Nunca esteve. Mas já não voltará. Não há mais dúvidas. Tudo se apaga.

O baio arranca, poderoso. Uma dignidade de cascos, músculos, ossatura, cabeça, orelhas, olhos, narinas e energia. Presa à mão firme do cavaleiro e engastada, talvez, na coluna vertebral, talvez nas costelas, talvez no esterno, a lança demora a se desprender. Arrasta o corpo mole por alguns metros. Depois se solta e o deixa, inerte. O cavaleiro redireciona a lança para a frente, em posição de combate, e desce a galope pela fralda da coxilha. Talvez não tenha reconhecido o homem que acaba de matar. Era muito escuro. A minguante mal se alçara no leste.

No mais, era uma madrugada de céu limpo e brisa branda.

A PEDRA

O INÍCIO

A três ou quatro dias a trote dali, naquele instante, Yu-Dioi acorda sobressaltado por um pesadelo. Senta-se no catre. Incorpora-se. Ausculta a noite. Tudo parece calmo. Certo mal-estar o perturba. Um desconforto no peito, como se algo o apertasse ou como se lhe faltasse ar. Levanta. Sam dorme. O pesadelo e o desconforto são só dele. Sai para a noite. Não faz muito que a minguante içou âncoras e se desprendeu do oriente trazendo uma claridade enviesada e tênue. Ele olha para o sul, como se soubesse. Espanta os pensamentos ruins. Seus pesadelos não têm sido raros.

Na beira do rio, ao pé do Cerro Sul, Guidaí recém parou de chorar. Una a tem aconchegada ao corpo, protegida do tempo e dos acasos. Mas tudo é vão. Sabe que a separação começou e é irreversível. Sabe que a vida de Guidaí será um esforço constante e infinito. Há cada vez menos lugar para ela. E é cada vez mais difícil fugir.

O murmúrio constante do rio entorpece e acalma as duas habitantes daquele recôndito quase inexistente do mundo. É uma madrugada de céu limpo e brisa branda. O mais é silêncio.

SUMÁRIO

A MULHER — 13
    Um vulto — 16

A PEDRA — 25
    Um rincão — 27
    Os caminhos da água — 28
    O primeiro encontro — 31

A MULHER — 35
    Una hembra — 37
    Madrugada — 42
    Manhã — 44

O HOMEM — 49
    Um rancho remoto — 51
    Ela — 53
    A volta — 58
    Ele — 65
    Os nomes — 67

O FOGO — 71
    Um acampamento — 73
    A dúvida — 75
    O arco — 77

O HOMEM — 79
    O sétimo dia — 81

A MULHER — 85

O encontro dos olhos	87
As dádivas da água	90
O peso do silêncio	94
Jogos	98
Um destino	101
El huraño	102
A nova circunstância	106

O HOMEM — 109
- Um filho — 111

A PEDRA — 115
- Yu-Dioi — 117
- Um quilombo — 119
- Uma fuga — 122
- O rapto das mulheres negras — 125
- A segunda fundação — 128

A MULHER — 133
- Um diálogo — 135
- Uma noite — 138
- Um dia — 145
- Um acercamento — 149
- A visão — 153
- A Bruxa — 155
- A Jaguaruna — 158
- A terra prometida — 162

A PEDRA — 167
- Os primeiros tempos — 169
- Um nascimento — 173
- O primeiro sol — 179
- Escaramuças — 183
- Uma ocorrência — 184

O encontro	190
Aparições	192
O assalto	196
A Boca do Funil	198
As primeiras decisões	199
Um fato incomum	202
O morto	204
A véspera	206
A afronta	208
O segundo sol	214
O FOGO	219
A vaga	221
A PEDRA	227
Tempos de guerra	229
A partida	231
O FOGO	235
A primeira cena	237
Forasteiros	240
Um tapejara	243
A PEDRA	249
A lua	251
O FOGO	253
O primeiro cavaleiro	255
O segundo cavaleiro	255
O terceiro cavaleiro	256
As mortes	256
A morte	258
A PEDRA	263
O início	265

Este livro foi composto com fonte tipográfica Garamond
11pt/16pt e impresso em papel pólen soft 80g/m³ no
outono pampeano de 2023.